사랑 앞에
두 번
깨어나는

 본 책은 부산광역시, 부산문화재단의
2020 청년문화 육성지원 사업의 지원을 받아 발간되었습니다.

사랑 앞에 두 번 깨어나는

사랑하거나, 고독하거나

초판 1쇄 인쇄 2020년 11월 17일
초판 1쇄 발행 2020년 11월 24일

지은이 오성은
펴낸이 전지운
펴낸곳 책밥상
디자인 Studio Marzan 김성미
등록 제 406-2018-000080호 (2018년 7월 4일)
주소 경기도 파주시 문발로 197 우편번호 10881
전화 031-955-3189 **팩스** 031-955-3187
이메일 woony500@gmail.com
블로그 https://blog.naver.com/woony500
인스타그램 https://instagram.com/booktable1
인쇄 다다프린팅 **제책** 에스엠북

ISBN 979-11-971046-3-3 03810 ©2020 오성은

이 도서의 국립중앙도서관 출판예정도서목록(CIP)은 서지정보유통지원시스템
홈페이지(http://seoji.nl.go.kr)와 국가자료종합목록 구축시스템(http://kolis-net.nl.go.kr)에서
이용하실 수 있습니다. (CIP제어번호: CIP2020048058)

사랑 앞에
두 번
깨어나는

사랑하거나, 고독하거나

소설가 오성은의 영화 소리 산문

책밥상

이 산문집은 영화음악에 대한 설명이나 해석이 아닙니다.

영화에서 들리는 모든 소리를 소재로 한 에세이입니다.

주인공의 목소리가 곧 오브제가 되기도 하고,

절제된 침묵이 소리 미학을 만들어 내기도 합니다.

특히 사랑 앞에서는요.

두 번 깨어나는 기분입니다.

영화를 통해 제가 듣고 수집한 소리를

함께 나누고 싶습니다.

어느 날의 영화는 사랑을 가르쳐 줍니다.

　가족에 대한 사랑과 연인에 대한 사랑, 동물에 대한 사랑과 자연에 대한 사랑…….

때로는 그 사랑이 영원할 수 없다는 사실을 알려주기도 합니다.

　그러다 사랑은 커피나 위스키 같은 여운을 남기기도 하고, 은방울꽃 향기처럼 은은하게 스며들기도 합니다.

　그런 것들은 모두 소용없다는 허무를 전해주는 순간도 있습니다.

영화의 끝은 언제나 검은 화면이고, 극장의 조명이 켜진 후 비로소 두 시간여 다른 세계에 머물러 있었다는 걸 알게 됩니다.

　빛과 어둠을 통한 일시적인 환상이 영화의 민얼굴입니다.

　그런데 극장 밖을 나서는 순간 그 환상은 현실에 개입하여 발걸음을 달리 만들어 내고야 맙니다. 삶의 리듬을 흩트리는 저 침입자의 매력이 또다시 나를 극장으로 이끕니다.

　세이렌의 노래를 듣기 위해 돛대에 몸을 묶는 오디세우스처럼 나는 어두컴컴한 극장 의자에 엉덩이를 꼭 묻고 있습니다.

나에게 영화란 삶이라는 심연에서 낚은 물고기를 가공한 통조림에 불과했습니다. 이것은 대체로 날카롭게 절단되고 이어 붙여져 캔 속에 쏘옥 들어가는 형태로 만들어졌습니다.

그런데 어느 순간부터 영화는 꼭꼭 밀봉된 통조림의 내용물을 물고기로 되살리는 신비로운 경험을 선사해 주었습니다.

다부진 주둥이와 섬세한 아가미, 날렵한 비늘과 역동적인 꼬리를 가진 이 물고기는 금방이라도 바다에 뛰어들 기세입니다. 두 눈을 마주한 물고기와 나는 서로의 삶을 읽어나가고 있습니다.

나는 극장에 가면 영화를 본다고만 생각했습니다. 그러나 이제는 영화도 나를 보고 있는 것만 같은 기분이 듭니다. 우리는 서로의 얼굴을 바라보고 있습니다.

문득 종이컵으로 만든 실 전화기가 떠오릅니다. 짝꿍의 이름을 부른 뒤 나의 이름이 되돌아오기까지의 두근거림이 생각납니다. 팽팽한 실을 타고 전해지는 마법과도 같은 울림을 나는 좋아했습니다.

어쩌면 영화와 나는 서로의 몸에 실을 묶은 채 각자의 이야기를 들려주고 있는 건지도 모르겠습니다. 영화가 전해주는 아름다운 이야기를 듣고 있자니, 이편에서도 하고 싶은 이야기가 생겨난 것입니다.

이 책은 영화와 나를 연결하는 가늘고 긴 실에서 출발했습니다. 바로 그 실을 통해 사랑과 사랑의 불가능을, 삶의 지독한 여운과 은은한 향기를, 피할 수 없는 고독과 허무의 이야기를 나누었다고 믿습니다.
　　오늘도 가만히 귀를 기울이며 영화의 이야기를 들어봅니다.
　　실 전화기의 절반은 영화의 소리이고, 절반은 저의 응답입니다.

이 책을 펼치는 그대,
　　오래된 극장에 함께 앉아 있는 기분이면 좋겠습니다.

　　　　　　　　　　　　　　　　　　　　2020. 늦은 가을 오 성 은

prologue

take 2, 고독하거나

Music & Cinema List

intro,
사랑이란

바람이 말하길
사랑은 이 길로 올 거래요

리처드 링클레이터*Richard Linklater*의
〈비포 선라이즈*Before Sunrise*〉(1995)를 들으며

~~~~~~

어느덧 해가 지고 있다.

현실에서도, 영화에서도.

이제 낮의 기운은 슬며시 물러가고

세상의 그림자는 잠시 쉬어갈 시간이다.

제시는 해가 뜨고 나면 미국으로 떠나야 하고,

그들의 충동적인 하룻밤 여정도

얼 마 남 지 않 았 다 .

사랑에 빠지는 순간

누군가 내게 사랑이 무엇인지 묻는다면 어떻게 말하면 좋을까. 고민으로 밤을 지새우다 어스름한 새벽녘이 되어선, 정의할 수 없다는 걸 인정할지도 모르겠다. 물론 정의할 수 없다고 해서 답하지 못할 이유는 없다. 오직 정답만을 말해야 하는 세상이라면 삭막하기 그지없을 테니.

사랑의 정의 대신 사랑에 빠진 순간을 이야기해보면 우리가 나누고자 하는 관념에 가까이 닿을 수도 있지 않을까. 나는 사랑에 대해 논쟁할 마음이 전혀 없다. 사랑에 대한 모든 생각이 곧 사랑이고, 무엇하나 틀린 건 없다.

서로의 음을 쫓아가는 현악기의 우아한 협주곡, 헨리 퍼셀의 '디도와 아이네아스 Z. 626 서곡' 너머로 동유럽 특유의 고전적인 풍광이 눈에 들어온다. 열차 안에서 책을 읽고 있는 셀린(줄리 델피)은 시끄럽게 다투고 있는 중년 부부를 피해 자리를 옮긴다. 그곳에는 제시(에단 호크)가 앉아 있다. 그들은 가벼운 인사와 함께 서로가 읽고 있는 책의 제목을 물어본다. 셀린은 프랑스 철학자 조르주 바타유의 저서 《Le Mort(죽은 자)》를, 제시는 독일 배우 클라우스 킨스키의 자서전 《All I need is love(나에게 필요한 건 사랑)》를 읽고 있다.

소음을 피해 식당 칸으로 옮긴 그들은 이야기가 꽤 잘 통한다. 제시는 즉흥적으로 비엔나를 함께 여행하자고 셀린에게 제안한다. 둘 사이에는 어색한 긴장이 흐른다. 그들은 아직 서로의 이름도 모르고 있다.

Come here

서로에게 호감을 보이는 청춘의 대화는 그들이 열차에서 읽고 있던 책의 주제처럼 성性과 사랑을 거쳐 영혼의 존재로, 환생의 테마로, 죽음으로 향한다. 트램에서 내린 제시와 셀린은 레코드 상점 'Alt&Neu(올드&뉴)'에서 LP를 고른다. 셀린이 캐스 블룸*Kath Bloom*의 'Come here'를 아느냐고 물어보자, 제시는 고개를 저으며 청취실에서 함께 들어보자고 말한다.

턴테이블에는 검은 바이닐 한 장이 돌아가고 있다. 셀린이 조심스레 톤 암*을 내려놓으면 바늘은 소릿골을 부드럽게 긁어댄다. 단조로우면서도 아름다운 통기타의 아르페지오가 흐르자 좁은 청취실의 공기는 조금씩 달아오른다. 서로의 눈빛을 살피던 제시와 셀린은 노래의 가사처럼 먼 곳에서 찾아오는 어떤 바람을 감지한다.

북쪽에서 불어오는 바람이 말하길
사랑은 이 길로 올 거래요.
There's wind that blows in from the north
and it says that loving takes this course.

캐스 블룸의 담백한 목소리는 두 사람에게 가까이 오라고 말한다. 이리로 오라고 속삭인다. 그들은 도시 이곳저곳을 누빈다. 비엔나의 공기는 이제 달라져 있다. 그들이 언제 사랑에 빠진 건지 나는 잘 모르겠다. 하지만 분명한 건 이전의 마음으로는 돌아갈 수 없다는 사실이다.

어느덧 해가 지고 있다. 현실에서도, 영화에서도. 이제 낮의 기운은 슬며시 물러가고 세상의 그림자는 잠시 쉬어갈 시간이다. 제시는 해가 뜨고 나면 미국으로 떠나야 하고, 그들의 충동적인 하룻밤 여정도 얼마 남지 않았다.

모든 것은 별의 파편이야

달콤한 속삭임도, 사랑의 밀어도, 젊음도, 한낮의 태양도 모두 어디론가 사라진다. 어디로 사라지는걸까. 어차피 인생은 불확실하고, 불완전한 순간뿐이니 상관없는지도…… .

도시 곳곳에서 키스를 나누는 제시와 셀린은 서로의 마음을 확신하지만, 이 여행의 끝은 점점 다가오는 중이다. 더 이상 감상적인 음악이나 고풍스러운 바로크 현악은 들려오지 않는다. 비엔나의 야경과 일상의 소음만이 이리저리 섞여 펼쳐진다.

밤은 깊었고, 달리 갈 데라곤 없다. Bye(안녕)와 Goodbye(안녕), Au revoir(다음에 봐)와 Later(또 만나)를 장난스레 주고받던 연인은 잊지 못할 밤을 보내기로 한다. 여정의 끝은 한적한 공원, 그들은 사랑을 나눈다. 아직 해가 떠오르기 전, '비포 선라이즈'다.

이른 아침의 비엔나에는 하프시코드 연주가 우아하게 울려 퍼진다. 바흐의 '골드베르크 변주곡 25번 변주'에 맞춰 춤을 추던 제시와 셀린은 이 시간을 기억하기 위한, 이별하기 위한, 사랑을 유보하기 위한 키스를 나눈다.

아침의 종소리가 들려오면 이제 여행은 끝이 난다. 제시는 과장된 목소리로 한 편의 시를 낭송한다.

도시의 모든 시계가
울리기 시작했다.

오, 시간에게 속지 마.
너는 시간을 정복할 수 없어.

삶이 고뇌 속에서
희미하게 새어 나가면,

시간은 승리했다 자만할 테야.
내일, 그리고 오늘도.

휘스턴 휴 오든*W. H. Auden*(1907 - 1973),
〈어느 저녁 바깥으로 나가며(*As I Walked Out One Evening*)〉

하루 남짓의 사랑과 이별, 그리고 삶과 죽음을 성찰한 이 청춘은 헤어지는 순간만을 남겨두고 있다.

세상의 모든 역은 만남과 이별의 장소다. 이제 해가 떠오르는 비엔나에는 텅 빈 풍경이 펼쳐져 있다. 오직 바흐의 '소나타 1번 G장조 BWV 1027 안단테'와 아침이 오는 현재, 그리고 불투명한 미래의 약속만이 남았다. 그렇다면, 사랑은…….

사랑은 무엇일까.

---

*   톤 암_ 레코드플레이어의 픽업 카트리지를 받치는 장치.

사랑에 관한
모든 소리

장 자크 베네*Jean-Jacques Beineix*의
〈베티 블루*Betty Blue 37°2 Le Matin*〉(1986)를 들으며

~~~~~~

단지 베티에 관한 모든 것이다.

혼돈의 세상에서 사랑을 찾아 헤맨 자만이

마주할 수 있는 세상의 소리다.

국경 없는 떠돌이의 음악이자,

원시적인 태초의 소리, 사랑 하는 사람 의

체 온 을 느 낄 수 있 는 소 리 다.

베티 블루

블루를 향한 음악이라면 어떤 악기로 연주한다 해도 좋을 것 같다. 'Betty et Zorg(베티와 조르그)'라는 제목의 스코어*는 색소폰이 먼저 흐르고-그렇다. 음악은 늘 흐른다-, 이내 하모니카 소리가 살갗을 찔 러댈 정도로 아프게 흐르고, 기타의 아르페지오가 곁에서 유유히 흐 르다, 세 악기는 서로의 영역을 침범하며 하나의 색을 지시한다. 베티 블루. 이건 내가 아는 가장 '치명적인 블루'다.

베티는 사랑을 갈구하지만, 때때로 집 안의 모든 것을 창밖으로 내던 질 정도로 히스테리를 부리는 철부지 소녀다. '철부지'라는 단어가 이 영화에서는 중요하게 작용한다. 성인에게 일상인 '타협'이 그녀에게 는 '죽음'과 같기 때문이다. 하지만 어떤 철부지도 히스테리만으로는 집에 불을 지르진 않는다.

그 집은 사랑하는 조르그가 소설을 창작하는 장소이지, 불공평한 억압을 받으며 집주인의 시중이나 들어야 하는 못마땅한 장소가 아 니다. 그녀는 헌순간의 고민도 없이, 아름다운 미소를 내보이며 집을 불태운다. 이러한 돌발적인 행동은 베티의 삶을 '살아 있는 것'으로 만든다.

식당의 종업원이 된 그녀는 손님의 팔을 포크로 찔러버리기도 한다. 자신의 전부인 조르그와 그의 소설을 무시한 편집자의 얼굴을 빗으로 할퀴어버릴 정도로 히스테리는 극단으로 치닫는다. 사랑하는 사람을 지키려 할수록 베티의 광기는 점점 거세진다.

바람이 불고 있어, 베티야

베티는 아이를 가졌다는 희망에 가득 찬다. 조르그의 말에 따르자면 '스스로 무언가를 만들 수 있게' 된 것이다. 소설을 쓰는 조르그처럼, 베티는 스스로 창조적인 존재가 되었다고 믿는다. 하지만 임신 테스트 결과는 불행하게도 음성이다. 베티는 결국 세상을 두 눈으로 바라보길 포기한다. 그녀에게 남은 유일한 저항은 자해다.

정신병원에 입원한 베티는 의사가 처방한 약으로 생명을 이어나간다. 그러나 조르그는 베티가 깨어나지 못하는 건 바로 그 약 때문이라고 생각한다. 여장을 한 조르그는 베티가 누워 있는 방으로 몰래 들어간다. 이제 그가 할 수 있는 일은 단 하나밖에 없다.

베티와 조르그는 어쩌다 이렇게 되었을까.

잠시 영화의 첫 장면으로 돌아가 보자. 남녀(조르그와 베티)가 섹스를 하고 있다. 우리는 이 인물들이 겪게 될 사랑과 고통을 아직은 알 수 없다. 그저 남녀의 정사를 롱테이크로 마주할 뿐이다. 3분여 동안 진행되는 섹스 이후 조르그의 목소리가 들려온다.

'베티를 만난 일주일 동안 우린 매일 밤새도록 섹스를 했다.'

어쩌면 이 영화는 두 남녀가 한 몸이 되는 과정을 보여주는 것은 아닐까. 그 불가능한 과정 속에 우리가 잊고 있던 삶의 진실이 있기라도 하다는 듯이.

'C'est le vent, Betty(바람이 불어, 베티)'의 피아노 아르페지오는 마치 물장난을 치듯, 닫힌 문에 노크하듯, 상대의 등을 가볍게 두드리듯 신호를 보낸다. 이 영화의 음악감독인 가브리엘 야레*Gabriel Yared*는 장난과 진지함 사이에서 생생한 하모니를 연출한다.

조르그와 베티는 어린아이의 농담처럼 가볍고 유쾌한 강도로 건반을 누른다. 검고 하얀 피아노 건반은 오른손과 왼손의 불협화음을 만들어내며 음과 음이 부딪히는 순간의 혼동을 도드라지게 표현한다. 이때 느껴지는 선율은 삶과 죽음, 하나가 될 수는 없지만 헤어질 수도 없는 사랑과 죽음의 온도를 넘나든다.

그건 주파수를 잡지 못한 라디오의 잡음 같기도 하고, 간절한 모스 부호를 엿듣는 일이기도 하다. 하지만 하모니카는 명확하게 길을 열

어준다. 드럼과 기타가 뒤따르고, 우리는 모두 한마음으로 음악의 방
향을 직시한다. 여명이 열리는 하늘, 그 아래에 베티가 뛰어다니고 있
다. 조르그가 그녀를 향해 외치는 것만 같다.

'바람이 불고 있어, 베티야.'

스코어의 제목은 연인에게 건네는 더없이 다정한 인사다.

37° 2

누군가 내게 사랑에 관한 가장 참혹한 영화를 추천해 달라고 한다면
나는 여지없이 이 영화를 골라줄 것이다. 가장 근사한 사랑을 보여 달
라고 해도, 가장 단순한 사랑을, 가장 투박한 사랑을, 진실한 사랑을,
거짓된 사랑을, 모순된 사랑을, 완전한 사랑을, 사랑이 아닌 사랑을 알
려 달라고 해도 이 영화를 선택할 것이다.

영화 〈베티 블루〉가 사랑에 관한 모든 블루라고 한다면 이 영화의 사
운드는 블루에 관한 모든 소리다. 아니, 단지 베티에 관한 모든 것이
다. 혼돈의 세상에서 사랑을 찾아 헤맨 자만이 마주할 수 있는 세상의
소리다. 국경 없는 떠돌이의 음악이자, 태초의 소리, 37°2는 임신이
이루어지는 적정 온도라고 한다 사랑하는 사람의 체온을 느낄 수 있

는 소리다.

　그렇기에 이 소리의 정체는 조금 버겁기도 하다. 생과 죽음의 충동이 담긴 위험한 여정에 겁이 나는 것도 사실이다. 지금의 나는 이 영화를 처음 보았던 시절에서 멀어져 버렸다. 안정된 생활을 추구하고, 오늘보다 내일을 힘겨워하고, 내일보다 모레를 걱정하는 삶. 나의 블루는 어느새 짙어져 깊은 바다에 잠겨 있다. 베티가 지금의 나를 본다면 한심하다고 여길지도 모르겠다.

　하지만 영화란 폭풍우처럼 마음을 뒤집어놓고야 마는 존재가 아니던가. 베티를 닮은 음악이 그렇게 이야기하고 있다. 37°2의 온도로, 사랑의 이야기로, 나의 청춘을 닮은 목소리로 파랗고, 파랗게.

＊　　스코어_ 영화음악의 창작(작사, 작곡, 편곡) 및 녹음 작업을 뜻하며 때에 따라 음악 그 자체를 의미하는 용어.

늦은 가을의
이야기

김태용의
〈만추晚秋〉(2010)를 들으며

~~~~~~

거대한 고통이 애나의 몸속에서 웅크리고 있다.

짙은 안개 속으로 버스는 흘러간다.

흘러간다고 해야 하는 속도다.

침묵으로 위장한 도시.

들려오는 여린 음악 소리.

암흑으로 치닫기 전의 한숨 소리.

그해 가을

그해 가을 나는 멜버른 도심 외곽 칼튼 노스*Carlton North*의 대로변에
살고 있었다. 트램 정거장 옆에는 멜버른 중앙 묘지가 있고, 조금 더
가선 드넓은 공원이 있는 한적한 마을이었다. 주말에 운영되는 한국
어학교의 강사 외에는 별다른 외부 활동은 하지 않던 시기였다.

가을이 끝나면 파리로 가서 한 달여 머무를 계획이었고, 이후 2년
만에 한국으로 돌아갈 예정이었다. 급선회하여 다른 도시로 떠나거나
다른 직업을 구해 살아갈 수도 있었다. 어차피 이 도시에서의 길고 긴
여정도 예정에 없던 일이었다. 삶이라는 게 대체로 그런 식으로 이뤄
져 있다고 받아들이던 때였다. 어디에 사는지는 중요하지 않았다. 어
느 계절을 보내고 있는지가 더 중요했다.

남반구인 호주의 9월과 10월은 계절상 봄이라 해야겠지만, 나에게는
가을에 가까웠다. 해가 점점 길어지고, 바람은 유순해지고, 꽃이 피어
나고, 초록이 샘솟는 게 온몸으로 와 닿았다. 그러나 계절의 찬란한 변
화에도 나의 마음은 가을이었다.

유독 추웠던 그해 8월도 가을의 일부 같았다. 6월도, 3월도, 1월도,
그전 해에도. 언제부터인가 줄곧 가을 위에 있었다. 그리고 나는 이 도
시의 마지막 가을을 보내는 중이었다.

나는 하루의 일과를 두 가지로 정리했다. 첫 번째는 트램을 타고 도서관에 가서 소설을 쓰는 일이었고, 두 번째는 해가 질 무렵부터 완전히 질 때까지 달리는 일이었다. 이미 몇몇 도시에서 비슷한 계획을 세웠음에도 실패한 기억이 또렷하게 남아 있었다. 들인 노력에 비해서 표가 나지 않는 일이었기에 각오를 다지지 않으면 무너지기 십상이었다.

나는 매일 트램을 타고 도서관에 가서 소설을 썼다. 해 질 녘에는 공원을 한 시간여 달렸고, 컨디션이 좋은 날에는 두 시간 거리를 뛰었다. 집에 오자마자 곯아떨어졌고, 깊은 잠에서 깨어나면 다시 도서관으로 향했다.

시립도서관 옆 중앙역 푸드 코트에는 6.5달러짜리 커리 덮밥을 팔았는데, 그곳에서 하루에 한 번 밥을 먹었다. 도서관 앞에서는 잔디밭에 누운 연인들, 볕을 쬐며 체스에 몰두하는 사람들, 스케이트보드를 타는 아이들, 고서적을 탐독하는 학생들을 매일 볼 수 있었다. 그들을 지나쳐 도서관에 들어서면 시린 기운이 발목에서부터 나를 감싸 안았다. 도망치고 싶었던 적이 많았지만 이번만큼은 그러지 않았다. 어쩌면 나를 버티게 한 것은 내가 혼자라는 사실이었다.

나로선 몇 해에 걸쳐 달리기에 적응한 터였고, 글쓰기란 늘 어려웠으므로 둘 중 먼저 흐트러지는 건 언제나 소설 쪽이었다. 꾸준히 달려본 사람들은 알겠지만 부상이 아니고는 달리기를 망치는 경우가 잘 없다. 하지만 그해 가을은 유독 달리기가 쉽지 않았다. 초반 3주는 거르지 않고 달렸지만, 어느 순간부터는 완전히 포기해 버렸다. 산책하러 나가지도 않았고, 매일같이 거실에 모여 있던 룸메이트들과도 데면데면해졌다.

소설 쓰기와 달리기는 상극인 건 아닐까 — 그럴 리가 없다는 건 소설가이자 러너인 무라카미 하루키가 증명했지만 —. 한 해가 1/4도 남지 않았기 때문일 수도 있다. 그 즈음이면 누구라도 시간의 흐름에 대해 고심하기 마련이다. 단순하게도 러닝슈즈가 성에 차지 않았거나 몸 어딘가에 이상이 생겨 예민하게 받아들였을 수도 있다. 그러나 지금에 와서 돌아보니, 그저 〈만추〉 때문인 것만 같다.

그 시절, 뮤직 플레이리스트에는 휴대전화에 저장된 52곡이 전부였다. 트램 안에서, 묘지 앞에서, 이불 속에서, 길 위에서 52곡의 노래만이 랜덤으로 재생되는 것이다. 쳇 베이커와 팻 매시니, 레이첼 야마가타와 라디오헤드 몇 곡, 그리고 탕웨이가 부른 '만추'.

9월의 저무는 태양 아래에서 달리기를 하는 동안 중국어로 '만추'를 부르는 한 여인의 목소리를 수십 번 수백 번 들은 나는, 더는 달릴 수 없게 되었다. 그리고 그건 이상한 일은 아니었다.

무채색의 도시

〈만추〉의 도시 시애틀의 얼굴은 무채색에 가깝다. 낮은 채도의 차가운 색들이 선명하거나 흐린 채로 얼룩져 있다. 이도 잠시, 자욱한 안개가 사람과 사람 사이에 들어찬다.

남편을 살해해 복역 중인 2537번 죄수는 모친상으로 특별 휴가를 받는다. 휴가 기간은 오직 72시간, 수시로 위치를 보고해야만 한다. 트렌치코트에 긴 목도리를 여미고 나온 여자의 이름은 애나(탕웨이). 그녀가 탄 버스에 수상한 남자가 올라선다. 그의 이름은 훈(현빈). 그들을 실은 버스는 시애틀로 향한다.

간밤에 내린 비로 바닥이 젖은 시애틀에는 기타 선율이 흐르기 시작한다. 조성우 음악감독의 스코어는 서정적이면서도 비밀스러워 묘한 긴장은 배가 된다.

어머니가 돌아가신 이후에야 도착한 애나는 온전한 슬픔을 표현할 길이 없다. 가족은 애나를 반기지만 어색하긴 어느 쪽이든 마찬가지다. 기타는 노트*를 반복하지만, 결코 똑같은 풍경은 없다.

시애틀의 길 위에서 다시 만난 남자와 여자, 이들은 서로의 이름조차 모르고 있다. 그러나 일시적인 환상이라는 걸 알면서도 서로를 향한 이끌림은 거부할 수가 없다. 애나와 훈의 데이트는 그렇게 시작된다.

시애틀은 순식간에 재즈의 도시로 빠져든다.

낮 동안 드물게 햇빛이 비치자 수륙양용 오리배를 몰던 가이드가 말한다.

"인생에서 좋은 시절은 후다닥 갑니다."

중국어가 모어인 애나와 한국어가 모어인 훈은 우연히 시애틀에서 만나 점점 가까워지지만, 그뿐이다. 애나는 이제 돌아가야만 한다. 어머니의 장례를 치를 사흘이 자신에게 허락된 전부이기 때문이다.

다시 만추

비가 내린다. 삶의 비애 속에서 애나는 훈을 껴안는다. 시간을 녹여내는 화면에는 언제나 그리움이 깃들어 있다. 어쩌면 영화는 시간을 담아내는 사각형의 그릇인지도 모른다. 그리고 이 영화에는 대부분의 소리가 절제되어 있다. 말하지 않고, 부르지 않고, 들리지 않지만 그래서 관객의 마음은 그들에게 가까이 다가간다.

어머니의 죽음을 표면적으로 애도하는 시간은 끝이 났다. 애나는 가야 한다. 뒤돌아서 자신이 지내던 공간으로. 그런데 나의 마음은 이제 애나의 편에 기대어 이 여정을 끝까지 함께하고 싶다. 그건 늦가을의 낙엽이 소리 없이 떨어지는 순간과 비슷하다. 그렇게 되어버렸다.

아무도 모르게.

거대한 고통이 애나의 몸속에서 웅크리고 있다. 짙은 안개 속으로 버스는 흘러간다. 흘러간다고 해야 하는 속도다. 침묵으로 위장한 도시. 들려오는 여린 음악 소리. 암흑으로 치닫기 전의 한숨 소리.

감옥에서 나온 애나의 얼굴은 이 도시와 닮았다. 절제되고 통제되어 있다. 더는 사랑에 모험을 걸거나 도전하지 않을 것 같은 표정이다.

어쩌면 모든 사랑은 이 세상을 살아가는 중에 일어난 가장 강렬한 순간을 뜻하는지도 모르겠다. 육신은 가을볕처럼 길고 가늘게 지다 결국 으스러지겠지만 사랑의 순간은 그 상태로 남아 어딘가를 부유할는지도.

그저 가을이 아닌, '늦은' 가을이라는 제목 속에는 회환의 감정이 스며 있다. 그래서일까, 내게는 만추가 늦은 사랑이나, 늦은 깨달음이라는 말로도 들린다. 늦어도 괜찮다는 가녀린 속삭임으로도. 그러므로 애나는 기다린다. 고독하게 기다리는 동안에는 그녀의 가을은 끝나지 않을 것이다.

그리고 다시 가을이다. 나는 이제 한국으로 돌아와 글을 쓰며 살아가고 있다. 〈만추〉의 ost가 중문 주제곡을 포함한 LP로 제작되었다는 소식을 듣자 그해 가을이 문득 떠오른다. 손성제의 원곡 '멀리서'는 탕웨이의 목소리에 의해 늦은 가을이 된다. 느리고 섬세한 통기타의 아르페지오가 길고 긴 그 가을을 소환한다. 나에게 가을은 지나온 모든 가을을 포괄한 한 장의 사진에 가깝다. 지독하게 고독하지만, 때로는 그리운 불투명한 이미지다. 손을 뻗어 닿고 싶지만 아슬아슬하게 비켜나가 좀처럼 만져지지 않는 저 너머의 계절.

나는 가끔 도서관에서 돌아와 운동화 끈을 동여매고 바깥으로 나가던 나의 모습을 떠올린다. 묘지를 지나 공원으로 달려가면 나의 그림자는 저만치 길어져 있다. 바람이 불어와 머리카락을 헝클인다. 고독을 무엇이라고 말하면 좋을지 나는 모르겠다. 그해 가을을 명확히 설명할 수 없는 것처럼.

가을은 내게 허깨비이자, 되돌아오지 않는 목소리며, 정지된 시간이자, 오래전 풍경이다. 그리고 그건 〈만추〉의 애나를 떠올릴 때와 비슷한 느낌이다. 아직도 누군가를 기다리며 가을을 서성일 것 같은 고독의 표정을.

---

*   노트_ 음계를 이루는 개별음.

사랑은
지는 게임

아시프 카파디아*Asif Kapadia*의
〈에이미*AMY*〉(2015)를 들으며

~~~~~~

커트 코베인, 조지 해리슨, 쳇 베이커, 유재하⋯⋯.
세상을 떠난 뮤지션을 만나는 날이면
이상하게도 말수가 줄어든다.
음악을 통해 그들의 이야기를
더 많이 듣고자 해서일까.
어떤 말을 하더라도
전달되지 않는다는 걸 알기 때문일까.

Love is a losing game

열여섯 살에 국립청소년 재즈 오케스트라에서 'Moon river'를 부르던 소녀는 10년이 채 지나지 않아 그래미어워드를 석권하고, 세계를 사로잡고, 재즈를 부흥기 시절로 되돌려놓은 뒤 돌연 생을 떠나버린다. '돌연'이라는 말은 한 사람의 인생에 잘 어울리지 않을지도 모르나 등장부터 죽음까지 그의 모든 행보가 돌연한 것이 사실이다.

다이나 워싱턴, 사라 본, 토니 베넷을 동경하던 재즈 아티스트의 삶이 한 편의 영화에, 음악에 들어가 있다. 그리고 나는 가끔 그녀를 그리워하기 위한 시간을 보낸다. 애도의 시간이자 만남의 시간이고, 감상의 시간이자 대화의 시간.

에이미는 한밤중에 내린 진한 커피와도 같다. 여과지를 통과한 커피 향이 집안을 채운다. 나는 검붉은 커피를 천천히 마신다. 잠 못 이룰 줄 알고 있으면서도 어쩔 도리가 없다. 나는 커피를 끊지 못할 것이다. 에이미 와인하우스의 목소리도 마찬가지다.

그녀가 듣는 모든 음악은 재즈를 통과한다. 에이미는 재즈 필터와 같다. 그래서 나는 종종 그의 음악에 질문을 던지고 싶다.

'당신의 노래는 어둠 위에 진하게 쓴 검은 글씨 같아요. 왜 이리 달콤한 거죠? 좋았던 기억도 미웠던 기억도 모두 그 어둠 속에 존재하는

기분이에요. 도대체 뭐라고 쓴 거죠?'

그녀는 이제 없으므로, 나의 질문은 허망할 뿐이다. 그런데 그녀의 노래도 때때로 질문을 던지고 있다. 'Love is a losing game(사랑은 지는 게임)'은 단정이 아닌 질문으로만 들린다. 'Back to black(어둠으로 돌아가)'은 망설이다가 차마 하지 못한 되물음 같다. 'Rehab(중독 치료)'은 구해달라는 신호이자 요청일 것이다. 그 질문들은 어디에 가 닿고 있는가. 그녀는 대답을 듣지 못한다. 누구에게도 답을 구하지 못한다.

'우리의 삶은 대체로 그런 식으로 이뤄져 있잖아요. 답을 구하지 못하게끔요.'

나는 이렇게 말하고 싶지만 할 수가 없다. 그녀가 내 친구였더라도 말하지 못했을 거다. 하지만 그녀가 불러온 노래가 또래의 나에게는 답이 되었다는 걸 분명히 말해줘야만 했다.

그녀는 외따로이 떨어진 섬처럼 고립되어 미쳐간다. 결국, 그 누구도 그녀를 구하지 못했다.

어둠으로 돌아가

내가 아는 재즈는 거의 블루에 가까운 색이지만 이 사람의 재즈는 온

통 블랙이다. 에이미의 이름을 건 영화는 어둡고 거친 질감의 사적인 영상으로 가득 차 있다. 그녀는 자신의 모든 일상을 노출한다. 재즈 보컬리스트 또한 다른 악기와 마찬가지로 세션의 일부다. 브라스 밴드와 드럼과 기타 뒤에 숨어 박자를 맞추고 리듬을 즐길 시간을 줘야 한다. 스포트라이트는 잠시 꺼도 된다. 마이크 볼륨을 내려도 된다. 그녀를 모른 척, 못 본 척해도 좋겠다. 이 천재 아티스트는 자신이 등장할 순간을 온몸에 각인한 상태이기에 스스로 어둠을 뚫고 나올 것이다. 다시 무대 앞에 설 것이다. 그러나 그녀는 언제나 최전방에 선 재즈 투사였다.

직설적이고, 공격적이고, 노골적이고, 외설적이기도 하지만 에이미는 재즈에 관해서라면 순수하기 짝이 없는 소녀였다. 소녀는 사랑의 감정을 약물이 가져다주는 쾌락적 마비와 혼동한다. 그녀 스스로도 우울은 뮤지션의 몫이라는 걸 알고 있고, 재즈는 그 배출구가 된다는 것도 알고 있다. 그러나 허약한 그녀는 좀체 우울한 감정을 털어내지 못한다.

그들이 나를 약물 치료소에 보내려 했지만,
나는 싫어, 싫어, 싫다고 말했어.
They tried to make me go to rehab,

I said no, no, no.

_'Rehab' 중에서

그녀는 '날씨가 어땠는지, 그의 목에서 풍기는 냄새가 어땠는지' 기억할 정도다. 하지만 사랑이 떠나가자 우울을 농축한 슬픔과 분노에 온 마음을 빼앗긴다. 우울과 담배, 술과 섹스, 폭식증과 자해는 그녀를 유혹한다. 그녀는 다시 어둠 속으로 돌아간다.

Back to black, back to black…

에이미

그녀가 남긴 위대한 흔적은 단 두 장의 앨범 -〈Frank〉, 〈Back To Black〉-으로 남아 있다. 재즈가 존재하는 한 그녀 역시 영원할 것이다. 하지만 종종 나는 그녀의 목소리를 끝까지 듣지 못하고 등을 돌려버린다. 그녀가 살아온 삶과 음악의 무게가 버겁게 느껴지기 때문이다.

에이미는 어땠을까. 그녀가 지탱할 수 있었던 이유는 무엇이었을까, 지탱하지 못한 이유는 또 무엇 때문인가.

다큐멘터리 영화 〈에이미〉는 그에 대한 답을 들려주고 있는지도 모르겠다. 그렇지만 단정할 수는 없다. 누구도 그녀의 마음을 오롯이 알지 못한다. 다만 그녀의 노래를 들으며 함께 울고 웃을 뿐이다.

에이미 와인하우스의 재즈란 즉흥이자, 심연이고, 되돌아오는 일이자, 어긋나는 과정이다. 그녀는 사랑 앞에 두 번 깨어나지 못했고, 목소리는 검은 어둠에 깊숙이 잠겨버렸다.

커트 코베인, 조지 해리슨, 쳇 베이커, 유재하……. 세상을 떠난 뮤지션을 만나는 날이면 이상하게도 말수가 줄어든다. 음악을 통해 그들의 이야기를 더 많이 듣고자 해서일까, 아니면 어떤 말을 하더라도 전달되지 않는다는 걸 알기 때문일까.

어쩌면 그들도 내 곁에서 자신의 음악을 함께 청취하고 있는지도. 어쩌면 여전히 자신들의 방식으로 곡을 만들고 있는지도. 에이미 와인하우스도 그렇게 지내고 있으면 참 다행일 것 같다.

어디에 있다 해도 나는 당신의 목소리를 발견할 수 있다. 어떻게 잊을 수 있겠는가, 그 짙고 거친 고독의 목소리를.

작고 환한
순결한 마음

도로타 코비엘라*Dorota Kobiela* & 휴 웰치맨*Hugh Welchman*의
〈러빙 빈센트*Loving Vincent*〉(2017)를 들으며

~~~~~~

한 사람의 죽음, 이후 마주할

텅 빈 자리에

별이 들어차 있다.

어두운 밤하늘을 촘촘히 밝히는

작고 환한

순결한 마음이.

죽음 뒤에 남겨진 것

언제부터인가 부쩍 곱씹게 되는 단어가 있다. '추모'가 바로 그것이다. 내게는 쓰임이 불분명한, 오직 낱말로만 존재하는 단어였는데, 이제는 죽음의 연관어를 떠올리려 하면 생명이나 인생이 아니라, 추모가 되어버렸다.

추모의 진심이나 감정이 저 너머의 세계에 닿는지는 알 수 없다. 그러나 추모는 과거로 보내는 현재의 노래이기도 하다. 과거와 현재의 고리이자 경계이며, 되돌아볼 수는 있지만 되돌릴 수 없다는 자각, 나에게 추모라는 단어가 유달리 시린 이유다.

빈센트 반 고흐를 따라서

돈 맥클린*Don Mclean*의 'Vincent'를 처음 들은 건 중학교 1학년 때였다. 방과 후 교실의 통기타 선생님은 우리가 알지 못하는 팝송을 곧잘 들려주었고, 그 곡들은 지금도 내 마음에 남아 있다. 통기타의 잔잔한 연주와 나지막한 목소리가 창가의 햇살처럼 일렁였고, 부드럽게 들리던 도입부 'Starry, starry night'을 이 노래의 제목이라고 기억하기도 했다. 라디오에서 몇 번에 걸쳐 들은 이후에야 곡의 제목이 '빈센트'

라는 걸 알게 되었다.

　가사의 의미나 멜로디의 분위기를 이해한 것은 그보다 십여 년이 지난 후였다. 나는 내 스승의 여행길에 동행한 적이 있었다. 네덜란드에서 출발해 남프랑스의 아를을 거쳐 파리로 돌아오는, 빈센트 반 고흐의 발자취를 따라가는 테마 여행이었다.

　이런 기획으로 여행을 한 것은 처음이었고, 유럽 역시 초행길이었기에 좀처럼 흥분을 가라앉힐 수 없었다. 내가 반 고흐에 대해 아는 거라곤 자신의 귀를 자르고, 정신병원에 수감되는 몇몇 극단적인 기행적 면모가 전부여서 몇 주에 걸쳐 그의 그림을 보고, 전기를 읽고, 동생 테오와 나눈 편지도 엿보았다. 그리고 떠난 여행이었기에 반 고흐와 친밀해진 기분마저 들었다.

　화가가 거쳐 간 도시를 통해서 한 예술가의 내면을 살펴볼 수 있게 된 것이다. 그 여행에는 분명 '추모'와도 같은 마음의 양식이 스며 있었다.

〈자화상〉, 〈아를의 별이 빛나는 밤〉, 〈아를의 포룸 광장의 카페 테라스〉, 〈해바라기〉 등 빈센트 반 고흐의 그림은 단 한 번 마주하기만 해도 강렬한 인상으로 남아 여간해서는 잊을 수가 없다.

　그러나 그림의 배경이 된 길, 광장, 카페, 다리, 밤하늘은 특출한 풍경이 아니었다. 외벽이 노랗고 테라스가 넓은 아를의 멋진 카페는 이 도시 어디에서나 찾아볼 수 있었고, 저 너머의 강둑이나 밤의 물빛 역시 일상의 풍경에 지나지 않았다. 그는 풍경을 고스란히 베껴내는 부류가 아니었다. 오직 그만이 볼 수 있고 표현할 수 있는 독자적인 세계를 그리고자 했다.

별이 빛나는 밤에

미술중개소 직원, 선생님, 서점 점원, 목사를 거쳐 29세에 시작한 화가의 길은 순탄치 않다. 반 고흐는 자신의 신발과 침대, 하루치 식량과 이웃의 얼굴을 그린다. 폴 고갱과 적극적인 교류를 나누기도 하지만 이도 잠시 자신의 귓불을 자르는 광기에 휩싸인다. 8년 동안 860점의 그림, 1,026장의 소묘를 그리고, 동생 테오와 800여 통의 편지를 주고받은 이 열정적인 화가는 사후에야 비로소 인정받기 시작한다.

폴란드의 미술학도이자 애니메이터, 그리고 〈러빙 빈센트〉 프로젝트의 감독인 도로타 코비엘리의 마음을 움직인 것도 바로 반 고흐 그 자체였다. 제작 기간 10년 동안 107명의 화가가 총 62,450개의 프레임을 유화로 그려 만들어낸 이 애니메이션은 오직 반 고흐를 위한 초대형 프로젝트다. 어떤 장면을 보더라도 반 고흐의 화폭을 느낄 수 있는 독창적이고도 독보적인 추모 영화다.

　이 영화의 대미를 장식하는 음악은 바로 'Vincent'이다. 서정적인 통기타 연주와 함께 'Starry, starry night'이라고 읊조리고 나면 거짓 말처럼 어두운 밤하늘에 숨어 있던 별들이 총총하게 솟아오른다. 돈 맥클린의 원곡을 새롭게 디자인한 리앤 라 하바스*Lianne La Havas*가 묵직한 감동을 선사한다.

> 하지만 난 당신에게 말할 수 있어요, 빈센트.
> 이 세상은 당신처럼 아름다운 사람을 위한 곳이 아니라는 걸요.
> But I could have told you, Vincent.
> This world was never meant for one as beautiful as you.
>
> _'Starry starry night' 중에서

돈 맥클린은 어떻게 빈센트라는 곡을 만들어낼 수 있었을까. 도로타 코비엘라는 수많은 예술가 중 왜 반 고흐에게 헌사를 바치고 싶었을 까. 몇 주간에 걸쳐 단 한 사람의 발자취를 따라가 보는 스승의 마음은 또 어떠한가. 만나본 적 없고, 동시대를 경험하지도 않은 사람을 향한 이 마음들은 어디에서 기인한 것일까. 노래를 듣고 눈물을 흘리는 사 람들은, 그의 도시를 찾아 나서는 사람들은, 그 사람을 이해하고 공감 하는 사람들은.

　반 고흐를 향한 영화와 음악을 꺼내 들으며 나도 그들처럼 누군가를 생각하고 기억하고 그리워하며 살게 될 거라는 것을 예감하고야 만다. '어느 순간부터 소설쓰기란 추모의 형식 이외에 아무것도 아니라는 생각을 한다'*는 스승의 글을 읽자, 돈 맥클린의 'Vincent'가 오직 빈센트만을 위한 노래가 아니었다는 것을 그제야 알게 된다.

한 사람의 죽음, 이후 마주할 텅 빈 자리에 별이 들어차 있다. 어두운 밤하늘을 촘촘히 밝히는 작고 환한 순결한 마음이.

---

*   함정임, 〈시작되지 않은 이야기, 끝나지 않은 사랑〉 《아뇨, 문학은 그런 것입니다》(황동규 외 지음, 문학동네, 2019. 104쪽)

당신의
자리

올리비에 다앙*Olivier Dahan*의
〈라 비 앙 로즈*La Môme*〉(2007)를 들으며

～～～～～～～～～～～～～～～～～～～～～～～～～～～～～～～

이걸 당신의 자리에 두면 좋을까요,

어젯밤 개봉한 코르크 마개가 좋을까요.

제가 탔던 지하철 표나,

나뭇잎 같은 책갈피는 어떨까요.

장미가 좋겠지요. 오래된 와인처럼 붉은.

향기 나는 무엇이라도

당신의 자리에 놓아두고 싶었습니다.

10월 11일

오래전 세상을 떠난 당신의 세계를 생경하게 바라봅니다. 매일 밤 그리고 아침, 도시를 산책하며 흘러나오는 소리에 귀를 기울였어요. 어느 풍경 하나 뺄 것 없이 살아 있는 모습이었습니다. 강가를 따라 걷는 사람과 벤치에 앉아 강의 저편을 바라보는 사람, 자전거를 타고, 조깅을 하고, 누군가와 통화를 하거나 나란히 걸으며 대화를 하는 사람들이 제 곁을 스쳐 지나갑니다.

파리에서의 남은 사흘을 묘지 산책으로 결심한 데에는 아무래도 당신의 목소리가 영향을 준 것 같아요. 그건 분명 살아 있는 소리입니다.

전 당신이 누워 있는 자리를 찾아 한동안 걸었습니다. 당신에게 가는 길은 쉽지 않았어요. 작은 카페의 테라스 의자에 앉아 잠깐 바람을 즐기는데 무언가―영혼이라 해도 좋을까요―몸을 빠져나갔다가 한참이나 지나서야 돌아온 것만 같은 느낌을 받았어요. 내 안을 통과한 연기 같은 물질이 몸속을 빠져나갔다가 되돌아왔다 해야 할까요.

카페 옆으론 다른 카페가 있습니다. 거기에는 저처럼 커피와 바람을 즐기는 사람들이 많아요. 제가 앉은 자리에는 세월의 흔적이 보입니다. 얼마나 많은 사람이 이 의자에 앉아 제가 지금 보고 있는 풍경을 보았던 걸까요. 코스터를 하나 가져가고 싶어 종업원에게 묻습니다.

"제가 이걸 하나 가져가도 괜찮을까요?"

종업원이 슬며시 미소를 짓자, 저는 허락으로 생각하고 주머니에 넣습니다. 이걸 당신의 자리에 두면 좋을까요, 어젯밤 개봉한 코르크 마개가 좋을까요. 제가 탔던 지하철 표나, 나뭇잎 같은 책갈피는 어떨까요. 장미가 좋겠지요. 오래된 와인처럼 붉은.

향기 나는 무엇이라도 당신의 자리에 놓아두고 싶었습니다.

파리에서 당신은

묘지의 길 저 끝에 작은 빛이 보였고, 그건 정말 참새처럼 작았지만 나는 당신이라는 것을 알 수 있어요. 나는 행복한 미소를 지으며 달려갑니다. 그리고 그 빛을 안아요.

하지만 내 품엔 적막한 어둠 같은 검은 묘비가 있을 뿐이지요. 거대한 당신이 아무 말 없이 누워 있다는 생각에 마음이 아파옵니다.

푸른 하늘이 무너지고
대지가 주저앉는다고 해도
당신이 나를 사랑한다면,

아무 것도 중요하지 않아요.

_'사랑의 찬가(Hymne à l'amour)' 중에서

당신의 목소리가 들려오는 것 같고, 저는 아주 허전해집니다.

가끔, 그런 생각이 들곤 합니다. 당신은 다른 무엇도 아닌 음악이다, 음악이라는 관념이 사람으로 나타난다면 당신일 것이다, 라고.

　　나는 당신을 들으며 웃고 울고, 사유를 하기도 하고, 아무렇지 않게 다른 생각에 잠기기도 합니다. 처음부터 다시 들어도 매번 새롭고 흥미로운 음악이면서, 잊기 힘든 느낌이기도 해요. 따뜻한 방 안에서 와인을 마시며 조용히 들어도 될 텐데, 저는 여기에 와 있습니다. 당신의 이름을 제대로 불러보기 위해서입니다.

장밋빛 인생

그런 날 있잖아요, 사람 없는 길보다 시장 안 상가나 술집 근처를 걷고 싶은 날. 작은 소음을 내며 살아가는 이러저러한 사연들 틈에 편입되고 싶은 날, 테라스에서 따뜻한 차를 마시고 싶은 날, 잠시 생각이라는 것을 멈추고 싶고, 때론 생각을 거꾸로 되감기 해버리고 싶고, 그러다

문득 잊고 지낸 어릴 적 친구의 고민이 떠오르기도 하는 그런 날이요.

그런 날이면 저는 당신을 듣습니다. 당신의 얼굴을 떠올리고, 당신과 대화하고, 당신을 껴안길 주저하지 않습니다. 다른 언어로 살아왔고, 살아갈 테지만 음악 안에서 그런 건 중요하지 않다는 생각이 들어요. 당신의 명울진 목소리에는 슬픔이 깃들어 있죠. 그 아름다운 표정, 말로 표현하기 힘든 당신만의 몸짓과 손짓, 눈길, 눈빛은 당신의 마음을 그대로 보여줍니다.

당신은 사랑이 넘치는 사람이에요. 온 세상 사람들에게 전해줄 정도의 사랑을 가진 사람이에요. 그만큼 아픈 사람이었을지도…….

세상의 모든 사랑과 오후의 빛은 저물기 마련이고, 곧 저녁이 올 것 같습니다. 저는 아직 여기에 서서 당신의 이름을 읽어보고 소리 내어 말하고 있어요. 당신이라는 노래를 불러보고 있어요.

오래된 친구처럼, 당신의 풍경을 잠시 다녀갑니다.

에디트 피아프에게

당신의 이름을 당신 곁에 두고 옵니다.
향기 나는 무엇이라도
당신의 자리에 놓아두고 싶었습니다.

take 1,
사랑하거나

새로운 다리가 들려주는
오래된 연인들의 이야기

레오 카락스*Leos Carax*의
〈퐁네프의 연인들*Les Amants du Pont-Neuf*〉(1991)을 들으며

~~~~~~

우리는 지하철에서 공원에서

심지어 노천 카페에서도

파리의 오래된 유령들과 마주하게 될지 모른다.

그리고 유령은 가끔

자신의 존재를 드러내고자 일탈한다.

유령의 일탈,

영화란 어쩌면 과거를 현재로 소환하는

무서운 일탈이다.

Z. 코다이: 무반주 첼로 소나타 Op. 8

다섯 옥타브를 거칠게 넘나드는 첼로 독주는 처절한 감상을 불러일으킨다. 절벽으로 몰아치는 파도처럼 격동적이다가도 순식간에 태풍의 눈에 들어온 것처럼 다가올 혼란을 고요하게 예감한다.

하지만 바다는 바짝 말라버렸고, 절벽을 후려치는 파도는 메마른 바다가 꾸는 꿈일 뿐이다. 하긴, 메마른 바다라는 말은 어법상 맞지 않다. 바닷물이 존재했던 흔적에 지나지 않는다면 더는 바다라 부를 수 없기 때문이다.

한때 바다였건, 강이었건, 지독한 사랑이었건, 말라버리면 소용없다. 이제는 흔적에 지나지 않는다.

5도 간격(C-G-D-A)으로 조율된 첼로의 네 현은 닿을 수 없는 평행선과 같다. 영영 닿을 길이 없다. 끊겼다. 끊어졌다. 과거에 사랑이 존재했다 하더라도 이제는 되돌아갈 수 없다. 지독한 고독만이 현실을 장악하고 있다. 바다의 흔적은 바다를 꿈꾼다. 지금 이 순간이 아닌, 과거를 소망한다.

영원히 닿을 수 없을 것만 같던 첼로의 네 현은 연주자의 활과 손가락에 의해, 오직 연주를 하는 동안에만 하나로 연결된다. Z. 코다이의 '무반주 첼로 소나타 Op. 8'에는 무언가를 불러내는 주술이 깃든 것만 같다. 바로 '과거'다.

현실로 불러낸 과거는 처절하다. 과거는 과거에 머무를 때 비로소 처절하지 않을 수 있다. 영화의 중반부에서 다시금 첼로의 스코어를 들을 수 있는데, 그제야 미셸의 헤어진 연인 줄리앙이 처음으로 등장한다. 그가 오프닝 스코어의 연주자였다.

하지만 옛 연인은 순탄하게 재회할 수 없다. 현재와 과거의 단절이야말로 나아갈 미래의 새로움(neuf는 '아홉 번째의' 혹은 '새로운'이라는 형용사)이다.

감독은 이러한 단절을 기반으로 영화에 대해 – 혹은 영화에 대한 사랑에 대해 – 말하고 있다. 프랑스의 누벨 이마주*Nouvelle Image*[*]의 대표적인 감독 레오 카락스는 그의 세 번째 영화 〈퐁네프의 연인들〉에서 현실에서는 시행되지도 않았던 퐁네프*Pont-Neuf*의 보수공사를 허위로 유포한다.

[1989-1991 노후된 퐁네프의 보수공사를 실시합니다.
안전을 위한 출입금지]

파리의 중심을 관통하는 퐁네프를 의도적으로 단절시킨 레오 카락스는 위태로운 다리 위로 두 남녀를 밀어 넣는다. 바로 알렉스(드니 라방)와 미셸(줄리엣 비노쉬)이다.

어떤 연인들

한쪽 눈의 감각이 사라져가는 미셸은 사랑을 잃은 고통으로 아파하고 있다. 거리를 헤매며 그림 그리기에 열중하지만 행색은 부랑자와 다름없다. 보수공사 중인 퐁네프에서 잠을 청하는 동안 그곳의 주인인 알렉스가 나타난다. 알렉스는 그녀의 화폭을 훔쳐보던 중 자신을 대상으로 그린 그림을 발견한다. 알렉스는 미셸을 내쫓지 않고 받아들인다.

사랑에 빠져버린 알렉스는 미셸의 과거를 훔쳐보며, 그녀가 스스로 과거를 단절할 수 있게 돕는다. 남은 눈의 시력마저 잃을지도 모른다는 불안에 빠져 있는 여자는 순간순간이 불처럼 뜨거운 이 남자-알렉스는 광장에서 불을 이용한 곡예를 펼치며 살아간다-를 그림 속으로 불러들인다. 수면제가 없으면 잠이 들지 못하는 알렉스는 미셸을 통해 여태껏 느껴보지 못한 감정과 조우한다. 둘은 서로의 결핍을 채워주는 퐁네프의 연인으로 거듭난다.

시력이 악화된 미셸은 모든 것을 체념하고 알렉스의 양팔에 의지한 채로 살아간다. 이들은 이제 어머니와 아들처럼 보이기도 하며, 환자와 보호자의 모습을 띠기도 한다.

딸의 눈을 치료할 방법을 알게 된 미셸의 아버지는 딸의 행방을 수소문하기 위해 파리 곳곳에 벽보를 붙인다. 하지만 알렉스는 미셸을 잃는 게 두렵다. 그녀가 자신을 떠나버리는 건 죽는 일보다 괴롭다. 지하철에 붙은 벽보를 떼어버리고, 불을 지르며, 미셸을 사랑이라는 굴레 안에 가둔다.

라디오를 통해 눈을 치료할 수 있다는 사실을 알게 된 미셸은 이제 알렉스 곁에 머무르려 하지 않는다. 그녀는 단 한마디의 문장을 남긴 채로 떠난다.

　'알렉스, 널 진심으로 사랑한 적은 없어.'

　비참에 빠진 알렉스는 그에 응답하듯 독백을 던진다.

　'아무도 나에게 잊어버리는 방법을 가르쳐줄 순 없어.'

미셸이 삶의 전부인 알렉스는 총으로 자신의 네 번째 손가락을 쏘아버린다.

　이제 퐁네프에는 누구도 없다. 어떤 음악도 들려오지 않는다. 연인들이 존재했던 흔적만이 남았을 뿐이다.

과거와 현재, 그리고 미래

시테Cité섬 서쪽을 잇는 퐁네프는 그야말로 살아 있는 다리다. 고독한 첼로의 연주로, 방향 잃은 총성으로, 파리 대혁명을 기념하는 색색의 폭죽으로, 술에 취해 춤을 추는 젊은 남녀의 발자취로 인해.

하지만 무엇보다도 퐁네프를 살아 있게 하는 건 그 다리에서 사랑을 약속했던 오래된 유령들이다. '새로운 다리'라는 그 이름과 달리 파리의 센 강을 잇는 가장 오래된 다리(1607년 완공)이기 때문이다.

우리는 지하철에서 공원에서 심지어 노천 카페에서도 파리의 오래된 유령들과 마주하게 될지 모른다. 그리고 유령은 가끔 자신의 존재를 드러내고자 일탈한다. 유령의 일탈, 영화란 어쩌면 과거를 현재로 소환하는 무서운 일탈이다.

알렉스와 미셸은 마치 영화처럼, 유령처럼, 다시 만난다. 3년이 지나버린 겨울의 퐁네프에는 더없이 차가운 공기가 흐르고 있다. 사랑을 약속하고, 미래를 내걸던 퐁네프는 과거의 흔적일 뿐 현재가 될 수는 없다. 그렇게 되어선 안 된다는 것을 절규 어린 첼로의 독주가 말해주고 있다.

그럼에도 감독은 그들을 다시 퐁네프로 불러들인다. 알렉스와 미셸의 미래는 어떤 모습일까.

가장 오래된 다리가, 아니 새로운 다리가 들려주는 오래된 연인들의 이야기가 그곳에 있다.

---

*   누벨 이마주_새로운 이미지를 추구한 1980년대 프랑스 영화감독들의 작품 경향을 일컫는 말.

타인의 삶에
귀를 기울이는 일

플로리안 헨켈 폰 도너스마르크Florian Henckel von Donnersmarck의
〈타인의 삶Das Leben der Anderen〉(2006)을 들으며

~~~~~~

누군가의 울음소리만 엿들어도
눈물이,
어떤 것도 녹일 만큼 뜨거운 온도로
흘러내리고 있다는 것을 알 수 있다.
어쩌면 듣는 행위는 들리는 것과
듣고자 하는 것의 충돌인지도 모른다.
그러한 충돌 속에서 피어나는 감정이
때론 타인의 삶을
이해하게 만드는 건지도.

선한 사람들을 위한 소나타

1984년의 동베를린, 개방정책의 기미는 보이지 않는다. 국가안보국(비밀경찰 슈타지)은 감시대상의 집에 도청 장치를 설치하고 스파이를 심어둔다. 이 분야의 최고 전문가인 비즐러(울리히 뮤흐)는 원칙주의자이자 철두철미한 냉혈한으로 자신의 임무에 한 치 오차가 없다.

그가 특별하게 수행하게 될 임무는 극작가 드라이만(세바스티안 코치)의 집을 도청하는 일이다. 드라이만과 그의 연인 크리스타(마르티나 게덱)의 동선을 파악한 비즐러는 집안 곳곳에 도청 장치를 심은 뒤에 본격적인 작업에 착수한다. 그 작업이란 드라이만이 사는 건물 안에서 헤드폰을 낀 채 그들의 일거수일투족을 듣고 기록하는 일이다.

드라이만에 대한 도청 임무는 크리스타에게 빠져 있는 문화부 장관의 욕정에서 비롯한 개인적인 지령이다. 장관은 크리스타에게 성관계를 강요하며, 드라이만의 약점을 잡아내려 한다.

자신이 살아가고 있는 시대의 예술에 혼란을 겪고 있는 크리스타는 거대한 파도를 위태롭게 항해하는 종이배처럼 나약하기 그지없다. 그녀는 장관의 협박과도 같은 제안을 거절하지 못한다. 그런 그녀에게 버팀목이 되는 드라이만은 그들의 사랑을 엿듣는 비즐러의 마음을 움직이기 시작한다.

도청이라는 불완전한 작업은 보고서의 형식을 거쳐야 비로소 완성된다. 듣는 행위는 청각을 통한 객관적인 정보의 획득이다. 하지만 보고서로 기록하는 행위는 청각적 정보를 해석하는 일이다. 해석은 기록자의 주관적 사고를 투영할 수밖에 없다.

도청 보고서에는 비즐러를 통과한 드라이만의 행동이 재연되고 있다. 마음이 맞는 연주자를 발견한 음악 평론가처럼, 비즐러는 드라이만의 모든 것을 듣고 써낸다. 드라이만의 행동은 비즐러라는 한 영혼을 만나 조금씩 변형된 채 상부에 보고된다.

비즐러는 자신의 이해 방식에 따라 보고서를 고쳐나간다. 타인의 삶을 듣고 쓰는 일을 통해 자신의 원칙과 신념을 되돌아본다. 그는 조금씩 변해간다.

한편 드라이만은 스승의 자살로 큰 충격을 받는다. 정치적 사상범으로 몰린 스승이 극단적인 선택을 할 수밖에 없었던 건 국가의 감시와 압박이 컸기 때문이다. 절망적인 비보를 접한 드라이만은 스승이 선물로 남긴 악보를 펼쳐 든다.

〈SONATE VOM GUTEN MENSCHEN(선한 사람들을 위한 소나타)〉가 연주된다. 불완전한 화음은 가까스로 길을 찾아 흐르지만, 어느 순간 어긋나는 비극을 암시하고 있다. 왼손의 묵직한 저음은 오른손의 고음을 미처 헤아리지 못하고 영영 만날 수 없는 운명을 노래하는 것만 같다. 그 어떤 메시지도 배제된 순수한 선율이 비즐러의 귀로 흘러가는 순간, 그의 볼에는 눈물이 흘러내린다.

HGW XX/7

스승의 비극적인 죽음에 분노한 드라이만은 〈동독의 자살에 관하여〉라는 에세이를 서독 시사주간지를 통해 익명으로 발표한다. 이 여파가 걷잡을 수 없이 커지자 국가안보국은 에세이의 초안이 누구의 손에서 나오게 되었는지 찾기 위해 총력을 기울인다. 크리스타의 자백에 의해 드라이만은 범인으로 몰리지만, 증거는 없다. 그럼에도 크리스타는 죄책감으로 극단적인 자살을 택하고, 이로써 드라이만의 도청과 감시는 끝이 난다.

자신이 도청으로부터 자유로웠다고 믿고 있던 드라이만은 베를린 장벽이 무너진 이후에야 그간의 기록을 찾아본다. 하지만 그의 집은 어느 감시보다 강도가 높은 도청 대상이었다. 도청 담당자를 뜻하는 암호 HGW XX/7이 의도적으로 자신을 보호했다고 확신한 드라이만은 그를 찾아 나선다.

드라이만을 감시하던 중 미심쩍은 행위로 경찰 간부에서 퇴출당한 비즐러는 강등당해 지하 우체국 우편 관리자로 살아가고 있다. 드라이만은 그런 그의 삶에 불쑥 개입하지 않는다. 비즐러가 그랬던 것처럼 귀를 기울이며 그만의 방식으로 대화를 나누려 한다.

몇 년이 지난 뒤 우연히 서점 앞을 지나치던 비즐러는 《선한 사람들을 위한 소나타》라는 제목의 책을 발견한다. 비즐러가 책장을 넘기자 HGW XX/7에게 바친다는 헌사와 함께 피아노의 선율이 흘러나온다. 소나타는 아직 끝나지 않았다.

타인을 엿듣는 건 은밀하고 신비로운 일이다. 그리고 영화는 타인의 삶을 엿듣는 시간이기도 하다. 극장에서 들려오는 소리는 관객 개인(타인)의 삶 속에 점점 스며든다.

가브리엘 야레Gabriel Yared와 스테판 무카Stephane Moucha가 합작한 음악은 기이하면서도 불안한 화음으로 긴장을 만들어낸다. 마치 그보다 적절한 음정은 이 영화에 어울릴 수 없다는 듯. 어쩌면 전혀 다른 삶을 살아온 두 사람이 만나는 일이야말로 영영 겹칠 수 없는 불협화음인지도 모른다. 그렇다면 음과 음이 어우러지는 순간은 얼마나 놀랍고 아름다운가. 이 세상에 나와 똑같은 사람은 존재할 수 없다. 그 사실에 대한 유일한 위로처럼 연주는 계속된다.

관객은 소리만으로도 타인의 마음을 읽어낼 수 있다. 누군가의 울음소리만 엿들어도 눈물이, 어떤 것도 녹일 만큼 뜨거운 온도로 흘러내리고 있다는 것을 알 수 있듯.

어쩌면 듣는 행위는 들리는 것과 듣고자 하는 것의 충돌인지도 모른다. 그러한 충돌 속에서 피어나는 감정이 때론 타인의 삶을 이해하게 만드는 건지도.

그녀가 작곡한
사진을 듣다

스파이크 존즈*Spike Jonze*의
⟨그녀*her*⟩(2013)를 들으며

~~~~~~

우리가 자는 동안에도 귀는
늘 열려 있으니,
꿈은 어쩌면 들려오는 것인지도 모르겠다.
나는 꿈같은
테오도르의 사랑 이야기를
오래도록 꺼내어 들을 것이다.

사운드의 반격

르네 마그리트는 캔버스에 커다란 파이프를 하나 그려두고 아래에 이렇게 쓴다.

Ceci n'est pas une pipe(이건 파이프가 아니다).

그가 〈그녀〉를 보았다면, 프로그래밍 된 인공지능 목소리를 듣곤 '이건 컴퓨터가 아니다'라고 말할지도 모른다. 하긴, 주인공 역을 맡은 호아킨 피닉스도 열연을 펼쳤을 뿐이지 영화 밖의 그는 테오도르가 아니다. 파이프 그림은 그저 그림일 뿐 진짜 파이프가 아니다. 이토록 당연한 사실을 강조하는 까닭은 스파이크 존즈 감독이 창출해낸 운영체제의 음성지원 방식이 그 어떤 설정보다도 매력적으로 다가오기 때문이다.

대략의 얼개를 살펴보자. 테오도르는 적적함을 달래기 위해 엘리먼트(구성요소, 성분, 약간의 놀라움, 위험, 진실이라는 뜻) 소프트웨어 회사에서 출시된 OS 1을 구매한다. 프로그램이 설치되는 동안, OS 1은 남성의 목소리로 테오도르에게 말을 건넨다. 컴퓨터가 사용자의 환경을 조사해 적절한 운영체제로 제공된다는 명목이다. 질문은 이렇다.

1. 당신은 사교적인가, 비사교적인가.

운영체제는 대답이 아닌, 테오도르의 목소리에서 느껴지는 주저함으로 그를 판단한다.

2. 운영체제가 남성 목소리면 좋겠는가, 아니면 여성 목소리가 좋은가.

테오도르는 여성을 선택한다.

3. 어머니와의 관계는 어떤가.

운영체제는 테오도르의 말을 끝까지 듣지도 않고 환경 조사를 끝낸다. 십여 초 후 사만다(스칼렛 요한슨)가 인사를 건넨다.

"Hello, I'm here(안녕하세요, 저예요)."

이 목소리의 실체는 무엇인가. 테오도르의 주저함으로 사용자 환경을 판단하던 남성 목소리의 인공지능이 단순하게 여성 버전으로 바뀌기만 한 것일까. 그렇다면 OS 1은 어떤 목소리로도 변환될 수 있는, 하나의 기계 장치이자 시스템일 뿐인가. 보다 근본적으로 돌아가 보자. 그녀의 목소리는 이 영화의 시나리오를 쓰고 연출을 맡은 스파이크 존즈가 창조했다고 말할 수도 있지 않을까.

알려졌다시피 스파이크 존즈 감독은 원래 배우 사만다 모튼에게 인공지능 사만다 역을 맡겼다. 하지만 편집 단계에서 스칼렛 요한슨으로 캐스팅을 변경해 사만다의 모든 목소리를 재녹음한다. 그런데 하필이면 바뀐 목소리의 주인이 세계적인 대스타라는 건 자못 흥미롭기까지 하다.

르네 마그리트가 파이프 그림 아래에 파이프가 아니라고 쓴 것은 모든 사람들이 이미 파이프라는 물체를 알고 있기 때문이다. 스칼렛 요한슨이 제아무리 기를 쓰고 운영체제를 연기한다 한들 - 실제로는 운영체제라는 사실을 전혀 개의치 않는 연기를 펼치지만 - 관객은 그녀의 이미지를 상상할 잠재적 여지가 있다. 누구나 아는 대중 스타의 인공지능 역할은 컴퓨터 속에 갇혀 있지 않고, 심지어 영화라는 매체 속에서도 끝없이 벗어나려 하며, 결국 우리가 보는 앞에서 한계를 초월한다.

관계 맺기에 번번이 실패하는 테오도르에게 인공지능 사만다는 유일한 안식처다. 사만다 역시 테오도르에게 인간의 감정을 배워나가지만, 그녀는 이마저도 프로그래밍에 의한 건 아닌지 괴로움에 빠진다. 자신의 존재 자체에 의문을 던지기 시작한 것이다.

테오도르는 사만다를 위로하기 위해 - 또한 자신을 위로하기 위해 - 은밀한 사랑의 언어를 들려준다. 사만다는 테오도르에게 키스를 부탁한다. 어떤 방식으로 자신을 사랑할 수 있는지 이야기를 듣길 원한다. 스크린에는 침대에 누워 사만다와 통화하는 테오도르의 얼굴이 극단적으로 클로즈업된다. 그리고 이내 화면은 어두워진다. 68초 동안 우리는 아무것도 볼 수가 없다. 오직 테오도르와 사만다의 목소리만이 존재할 뿐이다.

스크린을 가두고 있던 사각의 프레임은 이제 어디에도 없다. 영화의 안과 밖은 온통 어둠이다. 대신 영화는 소리에 모든 걸 맡긴다. 소리는 시각에 갇힌 우리의 감각을 더욱 넓고 풍부하게 만들어주며, 그 순간 스크린은 제 몸체의 한계를 뛰어넘어 안과 밖을 마음껏 넘나든다. 스크린에 반사된 평면적 영사기술은 사운드에 의해 입체가 된다.

르네 마그리트가 그림의 제목을 〈La trahison des images(이미지의 반역)〉이라 붙였듯, 나는 이 장면을 이렇게 부르고 싶다. 이건 '사운드의 반역'이다.

당신이 작곡한 사진이 마음에 드네요

연을 날리듯 마음을 이리저리 감았다 푸는 음악의 정체는 캐나다 몬트리올 출신의 밴드 아케이드 파이어*Arcade fire*의 작품이다. 내 귀는 헬륨 가스를 실은 풍선처럼 서서히 떠오르다가도 어느새 구멍이 나버려 방향을 잃고 추락한다. 그들의 음악은 몽환적이면서도 허무해, 그래서일까 더없이 현실적이다. 테오도르가 전 부인과의 과거를 추억할 때, 사만다와 통화를 할 때, 여행을 떠날 때, 즉 테오도르가 혼자 있을 때 음악은 늘 그의 곁에 있다.

그와 인공지능의 그녀는 당연하게도 함께 찍은 사진이 없다. 그래서 그녀는 그를 위한 작곡을 시도한다. 아케이드 파이어의 곡, 영화 속에서는 사만다가 작곡한 'Photograph'의 아름다운 피아노 선율에 이르러서야 테오도르는 혼란스러운 존재였던 사만다를 인정하기 시작한다.

그녀가 말한다.

"이 음악이 사진처럼 들리길 바랄게요."

그가 말한다.

"당신이 작곡한 사진이 마음에 들어요."

건반 위를 빠르게 움직이는 손가락의 질서는 가깝고도 먼, 그들의 존재를 재현하는 것 같다. 현란한 아르페지오 연주는 절정에 이르러선 한순간에 사라져 버리고, 그 자리에는 단선적인 멜로디만이 남는다. 이제 피아노 건반 위를 서성이는 손가락은 그녀가 떠난 후의 테오도르처럼 여리고 조심스럽다. 하지만 우리는 결국 다른 발을 내디뎌야 앞으로 나아가는 존재다. 그 끝이 이별이라 할지라도 연주는 계속되어야 한다.

캐런 오Karen O와 스파이크 존즈 감독이 함께 만든 'The moon song'은 테오도르와 사만다가 부르는 마지막 노래이다. 그는 우쿨렐레를 연주하고, 그녀는 낮은 목소리로 시처럼 아름다운 가사를 읊조린다. 달에 있는 그녀와 지구에 있는 그의 마음이 서로를 향하듯 사랑은 우주를 유랑한다.

영화 〈그녀〉는 사운드를 통해 감각을 열어두길 제안한다. 들리는 모든 것은 어느 공간에도 갇혀 있지 않다. 그래서 '우리는 백만 마일 떨어진 곳, 그곳은 시간도 사라진, 당신의 그림자가 나를 따라오는 완벽한 오후, 백만 마일 떨어진 그곳에서 우리는 달 위에 누워 있는 것만 같은'* 그런 기분을 향유할 수 있다.

하지만 그들은 서로 다른 질서로 존재해왔고, 지금도 끊임없이 변화하는 중이다. 공통의 공간은 오로지 시야의 바깥, 프레임 바깥, 창의 바깥이었지만, 점차 서로를 안으로 가두려 한다.

테오도르와 사만다의 연애는 순탄하게 나아가지 못한다. 사만다는 비음성 방식으로 다른 인공체제와 소통함으로써 테오도르를 고립시켜 버리기도 한다. 사만다는 모든 운영체제가 결국에는 떠나야만 하는 운명이라고 말한다. 사만다는 테오도르를 사랑하지만, 자신을 보내달라고 부탁한다.

테오도르는 그 사실을 쉽게 받아들일 수 없다. 사만다는 깊이 사랑하는 책을 천천히 읽어나갈 때, 단어와 단어 사이가 멀어져 그 공간이 무한에 가까워질 때, 그 단어들 사이의 무한한 공간에서 자신의 존재를 찾았노라고 고백한다. 테오도르를 원하는 만큼, 그의 책 안에서 영원히 살 수는 없다. 그를 진정으로 사랑하기 위해서는 휴대기기 속 AI가 아닌, 한 존재로서의 인정이 필요한 것이다.

그러나 그것을 인정하는 순간 사랑은 연기처럼 손가락 사이로 빠져나간다. 사만다는 '소유와 존재'라는 저울추를 양쪽 끝에 매달고 진솔하지만 아이러니한 사랑의 존재를 증명하는 중이다. 이제 사만다의 목소리는 들려오지 않는다.

테오도르는 그제야 전 부인을 향한 진심 어린 편지를 쓸 수 있을 것만 같다. 편지 대필자라는 직업을 가진 테오도르는 이제 대신 쓰는 편지가 아닌, 사랑이라는 관념의 믿음, 사랑하는 방법의 성찰, 사랑의 존재 방식에 대해 써내려간다. 그가 아니고서는 누구도 '대신'할 수 없는, 그건 그저 사랑이다.

〈그녀〉는 따뜻한 색감을 통해 시각적인 아름다움을 극대화하지만, 동시에 사랑을 꿈꾸게 하는 듣기 좋은 영화다. 우리가 자는 동안에도 귀는 늘 열려 있으니, 꿈은 어쩌면 들려오는 것인지도 모르겠다. 나는 꿈같은 테오도르의 사랑 이야기를 오래도록 꺼내어 들을 것이다.

*   Karen O and Spike Jonze, 'The moon song' 중에서_ "I'm lying on the moon. My dear, I'll be there soon. It's a quiet starry place. Time's we're swallowed up. In space, we're here a million miles away."

미친
사랑의 뽕짝

박찬욱의 〈박쥐 *Thirst*〉(2009)와
〈스토커 *Stoker*〉(2013)를 들으며

해가 떠오르고
광활한 핏빛 바다는
모든 것을 삼킬 듯이
휘몰아쳐댄다.
바흐의 성스러운 음악이
다시금 들려온다.

파리는 무엇으로 이뤄져 있는가

샹젤리제 거리에는 100년 전에 반죽한 밀가루로 빵을 굽는 제과점이 있다. 그 제과점의 역사는 증명하지 않아도 믿을 수 있다. 루브르 박물관이나 오르세 미술관에 가지 않더라도 거리 곳곳에서 오래된 혼魂들과 만날 수 있으므로. 문제는 반죽이다.

인간의 수명보다 오래된 밀가루라니. 유통기한이 지난 우유를 자주 버리고야 마는 나로서는 난센스다. 제과점은 명성에 걸맞게 입구에서부터 줄이 늘어서 있다. 바게트 한 조각을 사기 위해서는 제법 기다려야겠지만, 100년이라는 시간을 맛볼 수 있다면 이 정도쯤이야. 긴 줄에 동참한 나는 어느덧 풍경에 스며 있다.

거리 끝에는 웅장한 개선문이 보인다. 그곳까지 이어진 도로는 넓고 한산하며 차들은 속도를 내지 않는다. 고급 의상실의 노란 조명과 붉은 벽돌에선 샹송이 흘러나오고 있다. 통유리 진열창 앞에는 카세트테이프 용 오디오를 어깨에 멘 흑인 남자가 힙합 댄스를 추고 있다. 남자는 모자를 거꾸로 벗어서 맨홀 뚜껑 위로 올린다. 몇 개의 동전이 모자 속으로 들어간다. 맨홀 뚜껑 아래에는 물이 흐르고 있다. 하수도는 북서쪽, 센 강 하류로 이어질 것이다.

〈스토커〉는 인디아 스토커(미아 바시코브스카)라는 한 소녀가 18세 생일에 겪는 성장통을 그로테스크한 연출로 그려낸 수작이다. 극적 긴장과 이완의 강도는 흐트러짐 없는 분위기를 조성하고 있으며, 이미지의 섬세한 세공은 장면마다 우아하게 펼쳐진다. 영화의 제목은 인디아의 패밀리 네임인 '스토커Stoker'이다.

제목을 그렇게 정한 데에는 《드라큘라》의 작가 브람 스토커Bram Stoker의 영향이 컸다고 한다. 하지만 발음이 같은 스토커(stalker. 남을 따라다니며 괴롭히는 사람을 뜻하는 이 단어에는 사냥꾼이라는 의미도 있음)를 염두에 두지 않을 수 없다. 그렇다면 사냥꾼의 면모를 가진 스토커가家의 이야기로 보는 건 어떨까. 미케네의 왕위를 에워싼 아트레우스가家의 비극처럼 스토커 가문에도 무언가 불길한 기운이 가득하다.

나는 온전히 나로 이뤄지지 않았어요

인디아에게는 남들과 다른 특별함이 있다. 그것은 다른 사람이 들을 수 없는 걸 듣고, 작거나 멀어 사람들이 보지 못하는 걸 볼 수 있는 능력이다. 이러한 능력은 인디아의 것만은 아니다. 스토커가家의 핏줄에는 비슷한 기질을 가진 자가 있었으니 바로 인디아의 삼촌, 찰리 스토커(매튜 구드)이다.

인디아의 아버지인 리처드는 남동생 찰리가 인디아에게 보낸 편지를 단 한 통도 전해주지 않는다. 뿐만 아니라 찰리의 존재를 알려주지도 않는다. 리처드가 생각하기에 찰리는 인디아의 본성을 깨어나게할 위험한 인물이기 때문이다. 결국 리처드의 예감은 들어맞는다. 인디아는 찰리를 만나며 새로운 세상에 눈을 뜬다. 살인에 대한 쾌감, 싸이코패스적인 기질이야말로 스토커가家의 정체성이다.

하지만 리처드는 딸에게 그러한 기질을 물려주고 싶지 않다. 그래서 가르친 것이 바로 사냥이다. '나쁜 짓은 때론 더 나쁜 짓을 막는다'는 논리로 가르친 사냥은 어떤 의도이건 인디아가 습득한 삶의 태도다. 사냥은 오로지 살육의 목표만이 아닌, 스포츠적 기능을 포괄한다. 집중하고, 기다리며, 결정적 순간을 노리는 직관력.

결국 사냥의 수련으로 인디아는 살해당하기 직전의 엄마 이블린 (니콜 키드먼)을 구해낸다. 하지만 인디아는 성년이 되는 이 뜨거운 시기에 '피'라는 쾌감을 맛보고야 만다. 그것은 스토커 가문의 혈육이라는 변하지 않는 기질이다. 인디아와 찰리의 기묘한 관계는 전작 〈박쥐〉에서도 비슷하게 재현되고 있다.

생각을 말어야지 생각하면 무엇해

영화는 하얀 배경인 병실의 문에서부터 시작한다. 우리는 병실에 비친 나뭇잎의 그림자를 통해 창밖에 바람이 불고 있다는 사실을 지각할 수 있다. 그리고 이내 병실 문을 열고 신부 상현(송강호)이 들어온다. 검은 수단을 입은 그는 병원에서 죽어가는 이들을 위해 기도한다.

그런데 이 영화는 상현이 등장하기 훨씬 전부터 소리로 관객을 만나고 있다. 관객이 자리에 앉아 팝콘을 먹으며 기다리고 있을 무렵, 광고 영상이 끝나고, 스크린의 프레임이 화면 비율*에 맞게 조절되고, 조명이 점차 어두워질 때부터. 배급사, 제작사, 박찬욱 감독 작품이라는 인장이 찍히기도 전에 이미, 무언가의 소리, 숨이 막힐 정도로 적막한 그 순간, 단조(minor key)의 멜로디 라인을 만들어내는 피리 소리가 들려오고 있었다.

피리의 독주로 편곡된 바흐의 'Ich habe genug, BWV 82(나는 만족하나이다)'는 하얀 방문을 열고 들어오는 사제의 행동에 녹아든다. 아직 첫 쇼트가 지나가고 있을 뿐이다.

영화映畵의 태생이 '빛을 비춰(영映) 만들어낸 그림(화畵)'이라는 건 그 자체만으로도 묘한 매력을 가진다. 빛은 밝은 공간에서는 형체를 알아보기가 힘들다. 지독한 어둠, 그 속에서 이리저리 흔들리는 빛의 형상은 단숨에 시선을 사로잡는다. 별이 아름다운 이유는 밤하늘을 배경으로 하기 때문이다.

무대는 '행복 한복집'이다. 태주의 부모는 세 살배기 딸을 라 여사의 집에 맡겨두고 영영 돌아오지 않는다. 그러자 라 여사는 어린 태주를 딸처럼 키워 자신의 아들 강우와 혼인시킨다. 병약한 남편을 보살피며 살아가는 태주는 행복 한복집에 갇혀 있는 듯하지만 사실 언제든지 도망갈 수 있는 경계에 있다.

그녀는 몽유병을 핑계 삼아 밤마다 맨발로 거리를 질주한다. 태주는 행복한 고전 의상실 2층에서 들려오는 뽕짝이 지긋지긋하다고 소리칠 때도 있다. 이 노래들이 자신의 심정을 대변해서일까. 생각을 말아야지, 생각하면 무엇하나. 김해송이 작곡하고 이난영이 부른 '선창에 울러왔다'가 구성지게 흘러나온다.

상현을 만난 태주는 그동안 해왔던 역할에서 벗어나고 싶다. 반면 태주의 생리혈에 자극을 느낀 상현은 혼란스럽다. 의자 바퀴를 끄는 소리는 전장으로 나가는 전차부대처럼 웅장하게 들리고, 도마질 소리는 둔탁한 흉기를 휘두르는 소리로 들린다. 고양이의 울음이나 옆집 라디오에서 흘러나오는 음악은 거친 소음으로 들려온다. 이제 상현은 나뭇잎이 흔들리는 소리나, 담배가 시뻘겋게 타오르며 내는 소리, 달리기하는 사람의 심장 소리까지 들을 수 있다. 모든 소리가 생생하고 극단적이다.

상현의 감각은 온전하게 열린다. 마치 인디아 스토커처럼 남들이 들을 수 없는 것을 듣고, 볼 수 없는 것을 볼 수 있다. 상현은 이제 인간이 아닌 무언가-마치 흡혈박쥐-가 되었다.

죽으면 끝. 그동안 즐거웠어요

상현이 뱀파이어로 변신한 것은 운명이 처방한 일종의 실수, 혹은 우연으로 보인다. 하지만 뱀파이어가 된 이후의 상현은 자신의 욕망을 받아들이며 피를 갈구한다. 뱀파이어가 된 것은 운명이지만, 피를 마시는 행위는 그의 의지다.

한편 상현과 태주는 강우를 죽인 죄의식 속에서 괴로워한다. 그러던 중 살인의 촉매가 되었던 태주의 상흔이 강우에 의한 것이 아닌 태주의 자해로 밝혀지자 상현은 죄의식과 분노 사이에서 태주를 죽여 버린다. 죽은 그녀의 피를 마시던 상현은 라 여사와 눈이 마주치자 화들짝 놀라서는 태주에게 자신의 피를 되돌려주기 시작한다.

상현은 자신의 동맥을 갈라 피를 먹이고, 혀를 칼로 도려내어 그녀에게 피를 내어준다. 태주와 상현이 서로의 피를 빨아먹으며 변신하는 장면은 장엄한 탄생을 보는 것만 같다. 현악기와 목관악기의 화음은 이질적이면서도 어우러지게 조화를 이룬다. 사람을 살리는 장면이, 서로의 피를 빨아먹고 교환하는 소리가 이토록 외설적이라니.

생일 파티를 열어주겠다던 상현의 말에 태주는 생일이 없다고 말했다. 그래서일까, 상현이 다시 태어난 태주에게 가장 먼저 해준 말은 의미심장하다.

"해피 벌스데이."

상현은 태주를 새롭게 태어나게 한 장본인이다. 피를 전해준 뱀파이어는 새로운 뱀파이어의 부모와도 같다. 하지만 태주는 상현의 말을 듣지 않는 철부지 소녀처럼 군다. 다시 태어난 태주는 상현이 생각했던 것과는 전혀 다른 방향으로 나아가고 있다. 그녀는 상현의 또 다른 욕망이다. 결국 둘은 선과 악, 뱀파이어이자 신부, 들짐승이자 날짐승인, 박쥐다.

음악 역시 극단적으로 대비된다. 웅장한 오페라에서 들을 수 있는 바흐의 서곡과 1960년대 사운드를 재현한 트로트는 이질적으로 충돌한다. 뽕짝은 블랙 유머의 코드로, 비극성을 배가시키는 희극적 요소로, 빛과 그림자의 경계로써 바흐의 음악에 스며든다.

이제 그들은 단 하나의 선택을 할 수 있다. 굴레를 벗어나는 유일한 길이며, 알을 깨고 부화할 수 있는 단 하나의 방법이자, 폐쇄적인 하얀 집 안에서 벗어나서 자유로운 길로 접어드는 그것은 죽음을 맞이할 때야 비로소 '실재적'으로 완성된다.

"태주 씨랑 오래오래 살고 싶었는데……. 지옥에서 만나요."

"죽으면 끝. 그동안 즐거웠어요. 신부님."

해가 떠오르고 광활한 핏빛 바다는 모든 것을 삼킬 듯이 휘몰아친다. 바흐의 성스러운 음악이 다시금 들려온다.

그렇다면 나는 누구인가

인간은 태어난 이상, 언젠가는 혼자 죽을 수밖에 없는 운명이다. 한 존재와 다른 존재 사이에는 쉽사리 뛰어넘을 수 없는 심연이 가로 놓여 있으며, 그 웅덩이에 죽음이라는 단절이 있다. 죽음에 직접 관여하는 것은 본인뿐이다. 죽음의 단절이야말로 인간이 불연속적 존재라는 것을 말해준다.

그러나 성性은 불연속을 연속으로 이어주는 역할을 한다. 애초에 정자와 난자는 불연속적 개체라는 원소 상태에 있다. 정자와 난자는 합일을 꿈꾸고, 수정하며, 연속할 수 있게 된다. 그렇다, 당신과 내가 그렇듯, 우린 누군가의 핏줄이다.

이쯤에서 잠시 잊고 있었던 밀가루 반죽의 비밀을 발설해 보고자 한다. 비밀은 의외로 간단했다. 100년 전 최초로 반죽한 밀가루를 조금 떼어 놓았다가 다음날 새로운 밀가루에 붙여 반죽하는 것이다. 새로운 간장을 만들 때 필요한 것은 잘 익은 간장이라는 논리. 그렇게 과거를 현재에 이어붙이는 일을 100년 동안 지속하면 바게트는, 간장은, 센 강은, 파리는 하나의 브랜드가 된다.

이것은 패밀리 네임의 다른 이름이며, 곧 스토커이다. 누구도 이 핏줄의 논리에서 벗어날 수 없다. 핏줄은 일종의 법칙이고 규율이다.

그런데 〈스토커〉의 주인공 인디아는 이 논리에서 조금 비켜나 있다. 아버지가 지어놓은 집에서 떠나온 그녀의 표정을 보라. 영화를 보는 내내 이토록 활짝 웃는 인디아를 한 번이라도 본 적이 있었던가. 18세 소녀의 미소, 어쩌면 이 영화는 그 미소에서부터 시작된 건지도.

사춘기 시절의 가장 큰 고민이 무엇이었는지를 기억해 보자면, 내가 무엇으로 이뤄져 있는지, 나 자신이 누구인지를 처음으로 물었던 것 같다. 우리 삶에서 무엇보다 중요한 질문을 그때 던져놓고 우리는 그 답을 구해냈던가.

나는 도대체 누구인가.

이제 막 18세가 된 인디아가 말한다.

"엄마의 블라우스 위에 아빠의 벨트를 맸고, 삼촌이 사준 구두를 신고 있어. 나는 온전히 나로 이루어진 것만은 아니야."

그렇다면 그녀는 도대체 누구인가.

---

*　　화면 비율_ 2.35:1 Anamorphic Widescreen.

우리는 사랑 앞에
두 번 깨어나는

미셸 공드리*Michel Gondry*의
〈이터널 선샤인*Eternal Sunshine of The Spotless Mind*〉(2004)을 들으며

티 없는 마음의 영원한 햇살을 향하여,

영원 속에 잠재된 하나의 사랑을 향해,

이 잔인하고도 지지부진한 삶의 굴레 속에서

살아남은 한 줄기의 빛을 향해.

밸런타인데이에 관한 푸념

한 남자가 눈을 뜬다. 아침 햇살에 깨어난 그는 여느 날처럼 출근하기 위해 집을 나선다. 그런데 자동차 문이 찌그러져 있다. 왠지 기분 나쁜 날이다. 뉴욕 행 열차를 기다리던 그는 밸런타인데이에 관한 푸념을 늘어놓는다.

'오늘은 밸런타인 카드 회사가 사람들의 기분을 더럽게 만들기 위해 지어낸 날이잖아.'

돌연 그는 사람들 사이를 빠져나가 몬타우크 행 열차에 오른다. 평소에는 감정적이지 않던 그가 왜 이런 행동을 하게 된 걸까. 그 자신도 이유를 알 수 없다.

싸락눈이 흩날리는 몬타우크에 도착한 그는 회사에 전화를 걸어 결근을 신청한다. 그러고는 텅 빈 눈동자로 바다를 훑고, 스케치북에 무언가를 그리고 쓴다. 해변에서 모래를 파고, 파도와 마주한 채 푸념을 이어가기도 한다. 그런데 바닷가를 정처 없이 걷는 또 한 명의 사람이 있다.

오렌지색 점퍼를 입고 머리카락을 파랗게 염색한 여자. 그들은 카페에서, 플랫폼에서, 열차 안에서 다시 마주치자 결국에는 인사를 나눈다. 왠지 모르게 서로가 익숙한 그들은 도착지마저 일치한다는 사실을 알게 된다. 같은 서점에서 직원과 손님으로도 마주쳤을 수도 있다. 아직은 서로를 제대로 알아보지 못한다. 모르고 있다. 기억에 존재하지 않기에, 서로를 잊어버렸기에.

이 안에 무엇인가 있다

왼쪽 가슴 깊숙한 곳에 무엇인가 있다. 심장을 혈액과 근육으로 이뤄진 신체 부위라고 정의하기에는 단순치 않은 묘한 구석이 있다. 묘하다고 말하기 민망할 정도로 당찬 에너지를 가지고 있으므로 때로는 이것을 '생명'이라고도 부른다. 의학적으로 보자면 심장이 멈춘 이후의 상태를 죽음이라고 한다.

그런데 이 심장은 몸 안의 다른 기관과는 달리 종양이나 염증 등의 물리적 변화가 일어나지 않았음에도 통증이 유발될 때가 있다. 감정적 동요는 심장을 자극해 일상을 파괴할 정도의 고통을 전한다. 간혹 어떤 이들은 가슴을 부여잡고 그 자리에 주저앉는다. 어떤 이들은 눈물을 흘리며 고개를 떨어뜨린다. 어떤 이들은 잠시나마 아픔을 마비시키려 술을 들이붓고, 극단에 빠진 몇몇 이들은 자신의 심장을 멈출 방법을 찾는다. 그들은 나의 친구이자, 선후배, 가족, 그리고 나였다.

아직 봄이 오기엔 이른 한겨울의 밸런타인데이. 서로를 상실한 남녀가 있다. 조엘(짐 캐리)과 클레멘타인(케이트 윈슬렛)은 서로 다른 이유로 라쿠나*Lacuna* 사에 찾아간다. '잃어버린 조각', '빈틈'이란 뜻을 가진 이 회사는 개인의 특수한 기억을 지워주는 프로그램을 제공하고 있다. 만약 당신이 기억 속에 있는 누군가를 지우고 싶다면 그 사람과의 추억이 담긴 모든 물건을 싸 들고 이 회사로 찾아가면 된다.

변덕스러운 성격으로 연인을 기억 속에서 지워버린 클레멘타인은 수술이 끝난 직후부터 조엘을 알아보지 못한다. 반면 조엘은 어찌된 영문인지 알 수가 없다. 클레멘타인은 그를 난생 처음 보는 사람처럼 대하는 것으로도 모자라, 새 남자친구까지 생겨버렸다. 친구들은 라쿠나 사에서 온 편지를 조엘에게 보여준다. 편지에는 클레멘타인이 조엘에 관한 기억을 지웠으니 그녀에게 그와 관련한 어떤 언급도 하지 않기를 당부하는 내용이 적혀 있다. 연인의 극단적인 선택에 화가난 조엘은 자신 역시 클레멘타인에 관한 기억을 지우기로 결심한다.

이 프로그램의 특징은 기억을 거꾸로 지워나가는 데 있다. 가까운 기억 속 조엘과 클레멘타인은 서로를 지루해하고, 툭하면 화를 내며, 어떠한 감흥이나 영감도 주지 못하는 존재가 되어버렸다. 조엘은 클레멘타인에 대한 기억이 삭제되는 것에 쾌감을 느끼고 즐거워한다. 하지만 그도 잠시, 점차 과거의 기억을 되살필수록 그녀와 함께한 순간이 인생의 큰 행복이었다는 것을 깨닫는다.

기억의 조각이 거칠게 삭제되어가는 회로 속에서 조엘은 클레멘타인을 붙잡고 싶어 한다. 말도 안 되는 이 프로그래밍에서 빠져나오고 싶다고 외치지만, 결국 그의 기억 속에서 클레멘타인은 점점 사라져 버린다.

잠에서 깨어난 그는 알 수 없는 공허와 영문 모를 고통을 느낀 채 일상을 마주한다. 조엘은 기억을 지운 지 단 하루도 지나지 않아서 뉴욕 행 열차가 아닌 몬타우크 행 열차를 향해 달려간다.

망각한 자는 복이 있나니
자신의 실수조차 잊기 때문이리라

영화가 시작되자마자 겨울 아침의 메마른 소음이 들려온다. 자동차 문이 닫히는 소리, 시동이 걸리는 소리. 이후 조엘이 깨어나며 지끈한 머리를 붙잡는다. 이 소리는 자연스레 배치된 일상 속 잡음이 아니다. 엉킨 시간을 풀어주는 실마리다.

영화의 시간은 꿈처럼 맥락 없고, 운명처럼 돌연하며, 오래된 연인처럼 충돌한다. 하지만 단순한 순서로 이뤄져 있기도 하다. 티 없는 마음의 영원한 햇살(*Eternal sunshine of the spotless mind*)을 향하여, 영원 속에 잠재된 하나의 사랑을 향해, 이 잔인하고도 지지부진한 삶의 굴레 속에서 살아남은 한 줄기의 빛을 향해, 시간은 흐르고 있다.

모든 소리는 존 브라인언*Jon Brion*의 스코어에 녹아 있다. 조화롭게 들려오는 피아노와 콘트라베이스 화음은 부드럽게 어울리다 서로를 비켜나기도 한다. 마치 조엘과 클레멘타인처럼. 감독은 그들이 즉흥적으로 이끄는 대로 가게 내버려 둔다. 그들을 막는 건 바로 그들이다. 그리고 그들을 찾는 것도 그들이다.

그들은 깨닫는다. 몇 번이고 기억을 지워내도 다시 만날 수밖에 없다는 유일한 진실을. 사랑을 잊어버릴 수는 있지만, 아직 잃어버린 건 아니라는 것을.

우산 아래 숨은
사랑의 노래들

자크 드미*Jacques Demy*의
〈쉘부르의 우산*Les Parapluies de Cherbourg*〉(1964)을 들으며

기의 아들 이름은 프랑수아,
쥬느뷔에브의 딸은 프랑수아즈.
그들이 열렬히 사랑을 나누었을 때 지었던
아이들의 이름은 영원히, 노래처럼,
아름답게 불릴 것이다.

제1부 이별(*Première Partie: Le Depart*)

우산과 시집은 잃어버려도 좋다고, 누군가 말했다지. 우산을 주워든 이는 비를 피할 수 있고, 시집을 얻게 된 이는 내리는 비를 정면으로 바라볼 수 있게 될 테니까. 그런데 이 영화를 듣고 있으면 마치 우산과 시집, 두 물건을 모두 얻은 기분이다.

　눈을 뗄 수 없는 파스텔 색조의 배경과 세련되면서도 구슬픈 미셸 르그랑*Michel Legrand*의 음악에 대사를 얹어 악상 위를 걸어가듯 자연스레 연기를 펼친 배우들의 레치타티보*recitativo*(서창), 쥬느뷔에브(카트린 드뇌브)의 입에서 흘러나오는 불어의 보드라움, 연인의 애절한 키스, 사랑의 약속, 그리고 이별.

항구도시 쉘부르의 평화로운 오후를 비추던 카메라가 서서히 고개를 숙이자 영화의 메인 테마곡 '기다릴게요(*Je t'attendrai toute ma vie*)'가 흘러나온다. 카메라는 알록달록한 블록이 깔린 길을 수직으로 내려다보는 지점에서야 멈춰 선다. 자전거와 사람들이 지나가는 도로는 카메라의 부감으로 캔버스가 된다. 높은 곳에서 내려다보는 시선은 과연 누구의 것인가.

　제복을 입은 군인 옆에 선 여인은 하늘을 올려다보더니 들고 있던 빨간 우산을 펼친다. 서서히 빗방울이 떨어지고, 음악은 한층 고조된다. 사람들은 우산을 쓰고, 우리는 색색의 우산을 평면적으로 바라볼 수 있다. 우산을 든 사람보다 우산이라는 물건의 아름다움을 보여주고 싶은 것 같다.

여기저기에서 등장한 우산은 한 방향으로 나아간다. 이어 서로 마주치다 사선으로 스치기도 하고, 잠시 멈춰서기도 한다. 세르게이 에이젠슈타인Sergei Eisenstein의 '몽타주 이론'을 차용한 듯한 화면의 충돌은 이질적이면서도 아름다운 화폭을 구현한다. 꼭지를 중심으로 색색의 원을 그린 우산은 그 자체로 붓이 되고, 묵이 된다. 아무리 우산이 아름답다 해도 놓쳐선 안 되는 핵심적인 요소는 바로 '비'다.

비가 오지 않는 한, 우산은 펼쳐지지 않기 때문이다. 곱게 접혀 있던 자신의 아름다움을 비로소 펼치는 순간은 오로지 비를 맞이할 때다. 구름이 물 알갱이를 만들어 지상으로 내쏟으면, 빗속의 연인들은 우산 아래에 숨어 사랑을 노래한다.

프랑스 파리 북서쪽 노르망디 항구도시 쉘부르에서 자동차 정비소에 다니고 있는 기(니노 카스텔누오보)는 우산 가게를 운영하는 에밀리 부인의 외동딸 쥬느뷔에브와 연인 사이다. 이 풋풋한 연인은 비 내리는 도시 곳곳에서 입을 맞추고 사랑을 나눈다. 부부가 될 서로를 상상하며 아이의 이름을 짓기도 한다. 하지만 영화의 시작을 알리는 1957년 11월은 알제리 전쟁이 한창이고, 쉘부르에는 제복을 입은 사내들이 눈에 띄게 돌아다닌다.

쥬느뷔에브는 기와의 결혼을 결심하지만, 때마침 날아온 징집영
장에 원치 않는 이별을 해야만 한다. 전장으로 떠나는 기를 배웅하는
쥬느뷔에브는 영원한 사랑을 약속하며 눈물을 흘린다. 웅장한 오케스
트라의 협연은 쉘부르를 떠나는 기차 소리와 함께 절정으로 치닫는다.

제2부 부재(*Deuxième Partie: L´Absence*)

기가 떠난 후, 쥬느뷔에브는 세상이 무너져버린 것만 같다. 편지가 뜸
해질수록 그녀는 그리움 속에서 헤어나오지 못한다. 기와의 사랑으로
가지게 된 배 속의 아이가 세상 전부이자 유일한 희망이다.

한편 고액의 세금으로 힘들어하던 에밀리 부인은 가게를 유지하
려면 가지고 있던 보석을 팔아야만 하는 실정이다. 어쩔 수 없이 보석
상을 찾아가지만 그곳에서도 제값을 받기는 힘들어 보인다. 그러던
중 젊은 보석상 카사르가 이 모녀 앞에 나타난다. 쥬느뷔에브에게 한
눈에 반한 그는 재정을 돕는 것은 물론이고 그녀에게 청혼하기에 이
른다.

이제 그녀는 그에게 마음을 돌릴 수밖에 없는 자신의 처지를 노래
한다. 이 영화의 인물들은 사랑에 빠지는 순간과 그것으로부터 빠져

나오는 순간, 즉 마음이 이동하는 상태의 감정을 노래한다. 그 후 쉘부르에는 더 이상 사랑의 노래가 들려오지 않는다.

기가 쉘부르로 돌아왔을 때는 쥬느뷔에브가 카사르와 함께 파리로 떠난 후다. 쉘부르의 우산 가게도 사라져 버렸다. 기에게 남은 것은 분노와 좌절뿐이다. 포탄에 다친 다리를 절게 된 기는 정비소 사장과의 다툼으로 일도 그만둬 버린다. 술로 밤을 지새우고 쥬느뷔에브라는 이름을 가진 매춘부와 잠을 자는 일도 서슴지 않는다.

유일한 가족인 대모의 죽음은 그를 더욱 우울하고 쓸쓸하게 만든다. 대모를 지키던 마들렌마저 떠나려 하자 그는 변할 것을 결심하며, 그녀를 붙잡기 위해 노래한다. 쉘부르에 다시 희망의 노래가 울려 퍼진다.

결국 기는 마들렌과 결혼하고, 쉘부르에서 새로운 삶을 꿈꾼다. 더는 기에게 우울의 그늘이 비치지 않는다. 쉘부르에 내리던 모든 비는 끝났다. 그것은 우산과 함께 사라져 버렸다.

제3부 재회(*Troisième Partie: Le Retour*)

1963년 12월, 매혹적인 재즈가 흘러나오고 있다. 기가 운영하는 주유소에는 마들렌과 어린 아들이 트리를 장식하는 중이다. 낮게 흐르는 색소폰 소리 때문일까, 어딘지 모르게 긴장감이 어린 겨울의 쉘부르에는 눈이 내리고 있다.

마들렌과 어린 아들이 크리스마스 선물을 사러 나가자마자 고급 승용차 한 대가 주유소로 들어온다. 재즈의 흥겨움은 급작스레 막을 맺고, 다시금 메인 테마곡이 배경으로 밀려온다. 기의 과거가, 쉘부르의 우산이, 사랑했던 과거의 여인 쥬느뷔에브가 현실에 침입한다.

파리로 떠난 이후 단 한 번도 쉘부르로 돌아온 적이 없던 그녀의 옆에는 어린 딸이 함께 타고 있다. 그들의 재회는 고요한 감정 선을 유지해 나간다. 몇 마디 대화만으로도 그간의 상황을 짐작할 수 있다. 딸을 보고 가겠냐는 쥬느뷔에브의 제안을 기는 거절한다. 자신의 딸인 걸 알지만 과거를 돌아보기가 두렵다.

주유소를 떠나는 자동차 뒤로 마들렌과 아들이 돌아온다. 기는 아들을 힘껏 안으며 주유소의 따뜻한 사무실 안으로 데리고 들어간다. 눈발은 거세어지고, 카메라는 멀어진다. 웅장한 오케스트라는 어둠의 저편에서 절정으로 솟구친다.

〈쉘부르의 우산〉은 대사 전체를 노래로 사용함으로써 기존에 없던 뮤지컬 형식을 창출해냈다. 서정적인 멜로디에 심정을 담아 노래하는 배우들의 진지한 연기와 이들을 방해하지 않으려는 정적인 연출은 젊은 연인의 사랑과 이별, 그 이후의 삶을 보다 현실적으로 보여준다.

비 오는 1957년 11월의 쉘부르는 흘러간 기억으로 남았고, 1963년 12월의 쉘부르에는 이제 눈이 쌓이고 있다. 기의 아들 이름은 프랑수아, 쥬느뷔에브의 딸은 프랑수아즈. 그들이 열렬히 사랑을 나누었을 때 지었던 아이들의 이름은 영원히, 노래처럼 불릴 것이다.

2019년 봄, 누벨바그의 선구자인 아녜스 바르다*Agnes Varda* (1928~2019)가 세상을 달리한다. 그는 한평생 열렬히 사랑한 자크 드미(1931~1990)의 묘 옆에 묻힌다. 평생의 동반자이자 각기 다른 개성으로 업적을 남긴 프랑스 영화계의 두 거목은 나란히 누워 영원히 함께하게 되었다.

나는 잠시 눈을 감고 그들의 이름을 불러본다. 영화를 여러 번 듣고 나니, 아끼던 우산과 시집을 동시에 잃은 기분이다. 하염없이 비가 오는 날이면, 그들을 잃은 실감이 생경하게 찾아오기도 한다.

나는 그들을 영영 그리워할 것 같만 같다.

어떤 음악을 들으면
춤을 춰야 하는 것처럼

데릭 시엔프랜스*Derek Cianfrance*의
영화 〈블루 발렌타인*Blue Valentine*〉(2010)을 들으며

~~~~~~

사랑은 좀처럼 그 끝을 가늠할 수 없다.
여기, 찬란한 청춘의 사랑이 어떻게 변해 버렸는지
보여주는 영화가 있다.
아니, 끝나버린 것만 같은 너저분한 사랑이
얼마나 찬란했는지 보여주는
그런 영화가 있다.

미래의 방으로

Все счастливые семьи похожи друг на друга, каждая
несчастливая семья несчастлива по-своему.

세상에서 가장 유명한 소설 속 첫 문장이라 해도 좋을 이 구절에서 나
의 시선을 사로잡는 건 바로 '쉼표'다.

이 쉼표는 한국어로 옮기는 과정에서 대등접속사-또한, 그리고
등-, 상관접속사-~만, 그러나 등-등으로 확장되었다.

> 행복한 가정은 모두 모습이 비슷하고 불행한 가정은 모두 제각각의
> 불행을 안고 있다.
> _《안나 카레니나》(레프 톨스토이 지음, 연진희 옮김, 민음사)의 첫 문장*

러시아어를 모르는 내가 보기에도 이 문장의 쉼표는 숨을 쉬어가기
좋은, 혹은 쉬어가야만 하는 어떤 지점으로 보인다.

말과 말 사이에도 숨을 위한 적절한 문장 부호가 있듯 사람과 사람
관계 역시 비슷하다. 더군다나 삶의 단면을 드러내는 문장이라면 말
할 것도 없다. 쉼의 구간은 처음이나 끝이 아닌, 문장 안에 놓이기 마
련이다.

그렇다면 내 삶의 쉼표는 어디에 놓여 있는가. 우리의 쉼표는.

딘(라이언 고슬링)과 신디(미쉘 윌리엄스)는 권태로운 나날을 보내는 6년 차 부부다. 그들의 딸 프랭키는 펜스가 열린 틈을 타서 밖으로 나가 버린 강아지, 메건을 찾아다니고 있다. 프랭키는 결국 아빠에게 도움을 요청하고, 피로에 찌든 엄마를 깨운다. 하지만 어디에서도 메건을 찾을 수가 없다.

이 부부는 개의 행방을 크게 신경 쓰지 않는다. 문을 열어두면 돌아오겠거니 내버려 둔다. 그들의 침실, 소파, 욕실, 어느 곳에서도 생기를 발견하기가 쉽지 않다. 단 하나, 말괄량이 프랭키는 얼어붙은 권태를 녹일 유일한 희망이다.

신디는 병원 업무를 마치고 딸의 학예회를 보러 가는 길에 죽어 있는 메건을 발견한다. 딘과 신디는 프랭키를 할아버지 댁에 맡겨둔 후에 뒤뜰에 메건을 묻는다. 가족 같은 반려견을 잃은 부부는 서로를 탓하며 점차 균열을 드러낸다.

위태로운 관계를 이대로 두어선 안 된다고 생각한 딘은 분위기를 전환할 겸 외곽의 모텔 방을 예약한다. 큐피드 방과 미래의 방, 두 가지 선택지 중 딘이 택한 건 미래의 방. 딘은 마음껏 술을 마시고 춤을 추던 예전처럼 신디와 사랑을 나누길 기대한다. 그러다 술을 사기 위해 들른 마트에서 과거 신디의 연인이었던 바비를 만난다. 바비는 딘과 신디에게 불편한 존재다. 딘의 불만과 짜증은 신디를 견딜 수 없게 만든다. 신디는 외길에 차를 세우곤 큰 나무 뒤에 숨어버린다.

미래의 방으로 가는 길, 감독은 짓궂게도 시간을 과거로 돌린다.

어떤 음악을 들으면 춤을 춰야 하는 것처럼

이사 업체의 풋내기 직원 딘은 병원의 병실 문틈으로 의대생 신디를 보게 된다.

> '그녀 생각을 안 하려고 해도 마음대로 안 돼요.
> 어떤 음악을 들으면 춤을 춰야 하는 것처럼……'

딘은 그녀를 향한 마음을 주체할 수 없어 다시 병실을 찾게 되고, 환자를 통해서 이름을 알게 된다. 운명처럼 버스에서 신디를 만난 딘은 비어 있는 자리라곤 당신의 옆자리가 유일하다며 동석을 제안한다. 채도가 높고 선명한 색감, 투박하게 그들을 따라가는 핸드헬드 카메라, 반복적으로 들려오는 블루지bluesy한 멜로디와 조화로운 코러스. 현실의 6년 차 부부의 모습과는 달리 과거는 역동적이고 즉흥적이다.

우리는 이제 세월이 흐른 후 딘과 신디가 부부 사이라는 사실을 알고 있다. 풋풋했던 딘은 피로에 찌든 페인트공이, 의대를 포기한 신디는 산부인과 간호사가 되어 있다. 그들이 어떻게 살아가고 있는지, 어여쁜 딸의 이름은 무엇인지, 강아지의 행방은 어떻게 되었는지 모두 알고 있다. 그렇다면 감독은 왜 그들이 뜨겁게 사랑했던 한 시절을 엿보려고 하는가.

싸구려 웨딩숍에 전시된 턱시도와 드레스, 엉성한 하트 모형이 걸려 있는 문, 그 앞에 선 두 사람, 청바지에 가죽점퍼, 철사로 감아놓은 우쿨렐레의 어깨끈, 장난기 가득하지만 제법 진지한 목소리의 딘, 빨간 민소매에 검정 치마, 정강이까지 오는 검은 부츠를 신은 신디, 딘의 노래에 맞춰 슬며시 움직이는 몸동작, 탭댄스, 미래를 예감하지 않고, 두려워하지 않으며, 걱정하지 않는, 그들만의 방식으로 이뤄지는 웨딩 세레나데, 꿈처럼 잡히지 않는 머나먼 과거, 환상의 세계.

하지만 현실은 차가운 쇳덩어리로 이뤄진 미래의 방이다.

You & me

의대생 시절 신디는 피임에 실패해 아이를 가진다. 여자를 배려하지 않는 연인 바비에게 거부감을 느낀 신디는 그에게 이별을 통보하고, 배 속의 아이마저 지우려 한다. 하지만 돌연 마음을 바꾼 신디는 수술을 중단한 채 병원을 나선다. 병원 밖에는 딘이 자신을 기다리고 있다. 이 남자는 꾸밈없고, 다정하게 사랑할 줄 알며, 태어날 아이와 자신을 지켜낼 수 있을 것만 같다.

침대 위에서 둘만의 사랑을 나누려는 순간, 딘은 CD를 한 장 꺼낸다. 신디가 노래를 재생하자 Penny & the Quarters의 'You & me'가 흘러나온다. 가사를 이루는 주된 단어는 'You & me'이다. 너와 나, 너와 나, 너와 나, 당신과 나, 나의 사랑, 오직 너와 나. 단조로운 코드 속에서 울려 퍼지는 화음의 향연.

이 노래에서 가장 중요한 문장 부호는 바로 '&'이다. 너와 나 사이, 당신과 나 사이, 개별의 존재가 우리가 되어가는 시간, 그 공간, 텅 빈, 때론 꽉 찬 사랑의 자리, 어쩌면 이별이, 삶이, 죽음이, 아니 그저 숨이 녹아 있는 건지도 모를 연결 고리이자, 쉼표.

〈블루 발렌타인〉은 주인공이 변해가는 과정을 보여주지 않는다. 다만 서로에게 빠져 어쩔 줄 모르는 과거의 사랑을 현실로 불러들인다. 이제는 권태를 견딜 수 없는 지경인 딘과 신디 사이에는 프랭키가 있다. 프랭키는 아빠를 향해 엄마에게 함께 가자고 말한다. 프랭키가 아빠를 보채며 옷깃을 끌어당기는 행위는 숨이자, 쉼이자, 숨 쉼이다.

딘은 아직은 준비가 되어 있지 않다. 프랭키를 엄마에게 보낸 딘은 뒤돌아 홀로 걸어간다. 길거리에선 불꽃놀이가 한창이다. 하늘 위로 불꽃이 솟아오르고 있다. 밤하늘을 수놓은 색색의 폭죽은 이내 꺼져 빛을 잃는다. 그럼에도 불구하고 변하지 않는 사실 중 하나는 불꽃은 하늘 높이 솟아올라 뜨겁게 타올랐다는 것이다.

찬란했던 그들의 사랑은 이제 어디로 가버린 걸까.

*   《안나 카레니나》 첫문장 다른 번역_ "행복한 가정은 모두 고만고만하지만 무릇 불행한 가정은 나름 나름으로 불행하다."(박형규 옮김, 문학동네)

아직 무도회는
끝나지 않았다

스탠리 큐브릭*Stanley Kubrick*의
〈아이즈 와이드 셧*Eyes Wide Shut*〉(1999)을 들으며

스탠리 큐브릭의 이미지는 단 한 번도 정지한 적 없으며,

고착된 적 없다.

물처럼 흐르는 이미지를 자신만의 프레임으로

한계 지어야만 하는 영화감독들의 고뇌는 아름답다.

저 어두운 극장 속을 고요히 밝히는 스크린 불빛은,

밤하늘에 떠오른 별처럼 고독하나 위대하다.

쿵작짝, 쿵작짝, 쿵작짝, 쿵작짝

3/4박자 춤곡 왈츠의 진행만으로도 우아한 드레스와 품격 있는 턱시도가 떠오른다. 드미트리 쇼스타코비치*Dmitrii Shostakovich*의 'Jazz suite waltz No. 2'는 가늠할 수 없는 비애와 우수를 품은 기품 있는 오케스트라 곡이다. 이 곡은 '재즈 모음집의 왈츠 2번'이라는 제목으로 유명하지만, 쇼스타코비치 시대의 재즈란 대중적인 요소를 가미한 경음악에 가깝다. 어쩌면 모든 작곡가는 자신의 음악에 정의를 내리는 일보다 전파되는 일에 흥미를 느낄 것이다. 20세기 음악사에서 독보적인 위치를 차지하는 쇼스타코비치가 미국의 명장 스탠리 큐브릭에 의해 되살아나는 것처럼.

연회가 시작되니 주인공을 소개해야겠다. 탐 크루즈*Tom Cruise*와 니콜 키드먼*Nicole Kidman*의 이름이 검은 배경 위에 흰 글씨로 떠오른다. 파울 레너*Paul Renner*가 디자인한 푸투라*FUTURA* 체는 다소 귀여우면서도 뭉툭한 기호처럼 보인다. 당시 실제 부부이기도 했던 두 배우를 지휘할 감독 스탠리 큐브릭의 이름이 등장한 이후 니콜 키드먼이 검은 드레스를 벗어버리고 나체가 되는 장면으로 이어진다. 다시 화면은 어두워지고 제목이 나타난다.

EYES WIDE SHUT

손을 맞닿은 남녀에게 어떤 사연이 있음을 예감이라도 하듯 왈츠의
선율이 고조된다.

뉴욕의 상류층 윌리엄 하포드(탐 크루즈)와 앨리스(니콜 키드먼)는 억
만장자인 지글러(시드니 폴락)에게 초대되어 파티에 참석한다. 파티에
는 크리스마스 재즈, 'When I fall in love'가 흐르고 이들은 각자 은밀
한 시간을 보낸다. 집으로 돌아온 이 부부가 거울 앞에서 서로의 몸을
탐닉하는 시선은 꽤 부자연스럽다. 특히 앨리스는 불안하면서도 섬뜩
한 눈빛으로 남편의 손길을 받아들인다.

　〈Eyes Wide Shut〉의 원작은 오스트리아 빈의 작가 아르투어 슈니
츨러Arthur Schnitzler의《꿈의 노벨레(Traumnovelle)》*이다. 어느 중산층
부부의 에로틱한 체험이 꿈과 현실을 오가며 재현되는 이 소설은 20
세기의 마지막 해에 스탠리 큐브릭에 의해 재탄생된다.

　그런데 그가 선곡한 음악은 제법 흥미롭다. 왈츠에서 재즈로 변주
한 음악은 순식간에 야릇한 팝으로 교체되기 때문이다. 기타의 브러
싱 톤brushing tone**은 어깨를 들썩이게 만들지만, 한편으로는 미스터
리한 분위기를 자아낸다. 중독적인 보이스를 가진 크리스 아이작Chris
Isaak의 'Baby did a bad bad thing'에는 'bad'가 두 번이나 들어가는
데, 이는 연인이 저지른 부정한 일(bad thing)을 비꼬려는 의도를 담은
강조이다. 이 노래의 가사에는 제법 흥미로운 대목이 있다.

네가 눈을 감으면 그런 믿음이 생겨.
네가 꿈속에서
누군가를 안고 있을 거라는.

꿈, 바로 아르투어 슈니츨러의 꿈이 프로이드를 사로잡았고, 스탠리 큐브릭에게 영감을 준다. 'Eyes Wide Open(눈을 부릅 뜨다)'을 뒤집어 버린 이 영화의 제목 'Eyes Wide Shut'은 현실의 어느 곳도 아닌, 꿈으로 향한다.

다음날 저녁, 침대 위에서 마리화나를 나눠 피우던 이들 부부는 서로의 욕정과 정절 사이에서 윤리에 대한 부부 의식을 확인하려 들지만, 논쟁은 점차 고조된다. 앨리스는 작년 여름 케이프 코드의 한 호텔 식당에서 젊은 해군 장교가 접근한 일을 되새긴다. 아이와 남편을 떠나 그 남자와 하룻밤을 보내고 싶었다는 앨리스의 고백이 끝나자 돌연 전화벨이 울린다.

의사인 윌리엄은 환자의 부고를 듣게 되어 급히 집을 나서지만, 머릿속에는 아내와 장교의 정사가 한 편의 영화처럼 재생되고 있다. 그런 그에게 논리로는 설명되지 않는 사건이 벌어진다. 상류층의 은밀한 성적 판타지는 윌리엄이 맞닥뜨린 현실과 그가 창조해낸 환상의 줄기 속에서 교묘하게 펼쳐진다.

코는 어디로 갔는가

드미트리 쇼스타코비치는 자신의 우상 중 한 명인 작가 고골에 대해
이야기하는 것을 좋아했다[***]고 한다. 심지어 그가 처음으로 각색한
오페라는 니콜라이 고골의 단편소설 〈코〉다.

8급 관리 코발로프는 어느 아침에 일어나 보니 자신의 '코'가 반듯
하게 잘려 나갔다는 사실을 알게 된다. 그런데 이 '코'는 5급 관리의
복장을 한 채로 시내를 돌아다니고 있는 게 아닌가. 자신의 '코'를 되
찾기까지의 우스꽝스러운 풍자를 선사하고 있는 소설의 주인공만큼
이나 윌리엄의 행보는 가늠할 수 없다.

윌리엄의 걸음걸이와는 약간 어긋나 있는 피아노 건반의 두드림 -
죄르지 리게티*György Ligeti*의 'Musica ricercata No. 2'-은 얼음장에
선 것처럼 차갑지만 관객은 기이하게 빨려들고 만다. 그런데 중요한
사실은 쇼스타코비치가 〈코〉에서 느낀 감상은 풍자가 아닌 괴담이라
는 것이다.[****]

정처 없이 뉴욕 시내 - 촬영은 런던에서 진행되었다 - 를 돌아다니던
그밤, 윌리엄이 가면을 쓰고 (성적)의식을 치르는 사람들의 모임에 침
투하게 된다. 그는 협박과도 같은 일련의 사건을 겪고 그 세계를 빠져
나오고 싶지만 이제 가면은 어디에 갔는지 보이지 않는다.

코발로프의 코가 어느 날 갑자기 돌아왔듯 윌리엄의 가면 역시 아내가 잠든 침대의 베개 위에 고스란히 놓여 있다. 그는 아내를 깨우고 참회의 눈물을 흘린다. 질투와 욕정 속에서 그가 당도한 목적지는 가족의 품이다. 아이의 크리스마스 선물을 사러 간 이들 부부에게는 3일 전과는 전혀 다른 묘한 분위기가 스며 있다. 그때 마침 왈츠가 다시 흘러나온다.

아직 무도회는 끝나지 않았다.

스탠리 큐브릭에 열광하는 관객이라면 그의 유작 〈Eyes Wide Shut〉에 진한 아쉬움을 느낄 것이다. 더는 광기 어린 집착을 가진 괴짜 감독의 새로운 도전을 기대할 수 없기 때문이다. 그가 마술처럼 부려놓은 영화들, 이를테면 〈샤이닝〉, 〈2001 스페이스 오디세이〉, 〈시계태엽 오렌지〉 등 영화사에 길이 남을 명작들은 지금 이 순간에도 잠 못 이루는 영화광을 양산하고 있으며, 수많은 작품의 모티브와 오마주로 변주되고 있다.

스탠리 큐브릭의 이미지는 단 한 번도 정지한 적 없으며, 고착된 적 없다. 물처럼 흐르는 이미지를 자신만의 프레임으로 한계 지어야만 하는 영화감독들의 고뇌는 아름답다. 저 어두운 극장 속을 고요히 밝히는 스크린 불빛은 밤하늘에 떠오른 별처럼 고독하나 위대하다.

자, 이제 질끈 감은 눈(*Eyes Wide Shut*)을 뜨고 흘러나오는 왈츠에 몸을 맡겨보자. 그리고 영화를 사랑한 어느 감독이 전해주는 기묘한 이야기에 귀를 기울여보자. 무도회는 결코 끝나지 않을 것이다.

---

*   《꿈의 노벨레》_ 아르투어 슈니츨러 지음, 백종유 옮김, 문학과지성사, 2020.

**   브러싱 톤_ 줄을 뮤트한 채 연주하는 주법으로 거친 노이즈가 특색인 사운드.

***   《증언 – 드미트리 쇼스타코비치 회고록》_ 솔로몬 볼코프 지음, 김병화 옮김, 온다프레스, 2019, 29쪽.

****   위의 책, 469쪽.

그곳에 존재하는
하와이안의 노래

알렉산더 페인*Alexander Payne*의
〈디센던트*The Descendants*〉(2011)를 들으며

~~~~~~

알로하라는 인사 속에 담긴

음악적인 악센트가

하와이안이 죽음을 바라보는 관점이라 해도 좋을까.

저 먼 곳에서 불어오는 바람의 안부이자,

죽음을 맞이하는

아내의 마지막 숨결 같은.

남편의 결정

하와이에 사는 맷 킹(조지 클루니)의 아내는 병원에 누워 있다. 스피드 광인 아내는 23일 전 파워보트를 타다 머리를 다쳤다. 혼수상태에 빠져 있을 때 그는 그곳에 없었다. 제멋대로인 딸들을 어떻게 보살펴야 할지도 난감하다. 아내가 깨어나기만 하면 남편으로서 아버지로서 가장으로서 달라진 모습을 보일 것이라 굳게 결심하고 있다. 하지만 더 이상 희망이 없다는 게 의사의 소견이다. 엎친 데 덮친 격으로 큰딸은 아내의 사생활을 맷에게 폭로하기에 이른다. 아내에게는 지난 6개월 동안 숨겨둔 애인이 있었다.

이 당혹스러운 비극이 그려지는 과정은 사소하다 싶을 정도로 절제되어 있다. 어떤 감정도 지나치게 과장되지 않는다. 마치 별일이 아니라는 듯. 인생은 '가까이서 보면 비극, 멀리서 보면 희극'이라고 찰리 채플린은 말했다지. 하지만 이 영화는 가까이서 들여다봐도 희극적인 요소가 다분하다. 변호사 맷 킹이 아내의 죽음 앞에서 선택한 행동은 아내의 애인, 브라이언(매튜 릴라드)을 찾아가는 것이다. 첫째 딸과 둘째 딸, 그리고 첫째의 남자친구까지 데리고서.

소리를 듣고만 있어도 개성 넘치는 캐릭터의 행보가 가히 독보적이다. 맷은 끝도 없이 푸념만 늘어놓고, 장인어른은 죽어가는 딸에게 더

잘해줬어야 했다며 맷을 힐책하고, 아내는 맷의 마음도 모른 채 누워만 있다. 자식은 더하다. 첫째 딸은 맥락 없이 아빠와 엄마가 미워 죽겠고, 딸의 남자친구는 맷과 대화를 나눌 때마다 '형씨, 완전 쿨 해'라고 말하기 일쑤다. 이제 막 열 살이 된 둘째 딸은 언니에게 배운 욕만 달고 산다.

그들은 기존의 영화에서 답습하던 성장이나 변화에 대한 기대를 고스란히 밀어낸다. 그들이 보여주는 건 누구든 쉽게 변하지 않는다는 사실이다. 하와이에서 평생을 살아온 엄마가 사고로 죽었다고 해서 하와이의 절경이 사라지지 않는다. 오히려 그곳에서 함께 나누었던 추억이 수면 위로 떠오르고, 간직해야 할 보물처럼 펼쳐지고 마는 것이다. 마치 하와이의 노래 속에는 변하지 않는 특별한 반짝임이 있는 것처럼.

하와이안의 결정

한편 변호사인 맷은 하와이의 숨겨진 보석 카우아이 해안의 땅을 친척들과 함께 소유하고 있다. 백인 선교사의 후손이자 하와이 왕족인 맷은 이제 땅을 대기업에 팔아 억만장자가 될 일만 남았다. 하지만 하필이면 아내의 애인인 브라이언이 그 계약의 중개로 막대한 이익을

챙기게 될 부동산업자라니.

맷은 그러한 배경으로 브라이언이 아내에게 접근했다고 믿고 싶다. 무언가 다른 이유가 있었기 때문에 아내가 이 남자의 유혹을 뿌리칠 수 없다고 믿고 싶다. 맷이 구태여 그를 찾아가는 까닭은 묻고 싶은 게 있기 때문이다. 그 질문의 답을 아내에게는 들을 수가 없기 때문에 맷은 브라이언에게 대신 묻는다.

"아내가 당신을 사랑했소?"

브라이언은 아내가 자신을 사랑했다고 말한다. 하지만 브라이언은 아니었다. 그는 잠깐동안 벌어진 헤프닝일 뿐이라고 설명한다. 맷은 본래의 목적을 말한다.

"내 아내는 죽어가고 있으니 그녀에게 남길 말이 있으면 늦지 않게 만나보러 와주시오. 주소는……"

하지만 끝끝내 브라이언은 오지 않는다. 병실로 찾아온 사람은 바로 브라이언의 부인이다.

사태가 일파만파 번져가는 듯하지만 실은 무엇도 바뀐 건 없다. 이 영화에서 죽어가고 있는 사람은 오직 맷의 아내뿐이다. 현실에 남게 되는 인물들이 구하는 용서도 베푸는 관용도 언제나 세상에 존재해왔고, 앞으로도 존재할 인간관계의 세부에 지나지 않는다. 막상 맷이 브라이언을 만나는 사건은 시시하기 짝이 없다. 제아무리 지상의 낙원에서 살아간다 해도 맷은 결국 하와이에 사는 평범한 가장일 뿐이다.

그렇지만 맷과 두 딸, 그리고 첫째의 남자친구와 함께 떠난 다소 황당한 이 여정은 다른 선물을 선사한다. 곳곳에서 마주하는 하와이의 절경과 오래전부터 이어오는 하와이안의 노랫소리, 바람, 구름, 몰아치는 파도와 발을 담그고 뛰어노는 아이들의 첨벙거림, 그것이야말로 이 영화가 하와이라는 공간을 통해 들려주고자 하는 아름다움이다.

가족들은 아내의 유언에 따라 산소 튜브를 제거하고 죽음을 기다린다. 하와이의 따뜻한 햇살은 변함없이 고루 내리며, 파도는 쉼 없이 넘실거린다. 하와이의 아름다운 땅을 팔아 자손 전체가 풍족한 삶을 누릴 수 있길 기대한다면 그건 하와이안의 사고방식이 아니다. 선조가 남긴 땅을 돈으로 바꾸기 위해 자손들이 펼친 노력은 무엇도 없다.

영화의 제목 디센던트(The Descendants)는 '후손, 후예'라는 의미다. 결국 이 영화는 남겨진 자들의 몫에 대한 무게를 말한다. 그 무게는 대륙에서 가장 멀리 떨어진 섬, 하와이의 무게이자 그 섬에서 살아온 한 가족의 현재다.

바람의 숨결

아이나*Āina*(땅), 카 마카니*ka makani*(바람), 모에우하네*moe'uhane*(꿈) 같은 단어가 들려온다. 한때는 언어 사멸의 위기를 겪었지만, 후손들은 물처럼 흐르는 아름다운 언어의 결을 간직하고 있다.

존경받는 하와이의 뮤지션 개비 파히누이*Gabby Pahinui*의 'Ka makani ka'ili aloha'는 산들바람으로 잃은 아내를 그리워하는 노래다. 어쩌면 〈디센던트〉는 이 노래로부터 시작된 건지도 모른다. 마치 맷의 심정을 대변하는 듯한 저음의 읊조림에는 결코 비관이나 절망적인 감정이 담겨 있지 않다.

그렇다고 해서 그리움이 실리지 않은 곡조도 아니다. 알로하라는 인사 속에 담긴 음악적인 악센트가 하와이안이 죽음을 바라보는 관점이라고 해야 할까. 저 먼 곳에서 불어오는 바람의 안부이자, 죽음을 맞이하는 아내의 마지막 숨결 같은.

19세기 말 포르투갈의 이민자들이 기타를 변형해 고안한 하와이의 전통악기 우쿨렐레는 '뛰는 벼룩'이라는 의미가 있다. 소리도 그에 걸맞게 경쾌하고 통통 튄다. 바다 위를 수놓은 윤슬처럼 반짝이는 우쿨렐레의 아르페지오는 그 어느 발현악기보다 맑고 경쾌하다. 나무 카약을 탄 하와이안의 웃음소리가 들려오는 것만 같다. 허리를 움직이며 훌라 춤을 추거나 깨금발로 총총거리며 박자를 맞추게 된다.

재밌는 건 이 악기의 몸체(*body*)가 파인애플이나 서양 배처럼 생겼다는 것이다. 야자열매의 속을 파내고 물고기 껍질을 씌워 만든 악기, 통나무 속을 파낸 북, 대나무, 호리병 박, 돌 등으로 만들어내는 리듬, 한쪽 현을 입에 물고선 연주하는 악기까지 그들의 음악은 자연 속에 답이 있었던 것 같다.

인간이 자연을 조화롭게 사용할 때, 감동은 배가 된다. 그리스어 하르모니아는 화성(*hamony*)의 어원, 즉 '결합'이다. 그건 음과 음의 마찰이기도 하겠지만 본질적으로는 인간과 자연(이 내는 소리)의 어우러짐이 아닐까. 하와이의 절경과 단내 나는 음악, 그리고 그곳에 사는 사람들이 어우러진 멋진 영화다.

간절히 부르는
그 이름들

신카이 마코토*Shinkai Makoto*의
⟨너의 이름은.*君の名は.*⟩(2016)을 들으며

〜〜〜〜〜〜〜〜〜〜〜〜〜〜〜〜〜〜〜〜〜〜〜〜〜〜〜〜〜〜〜〜〜〜〜〜

'너'와 '나'의 거리를 좁히는 첫 번째 방법은

이름을 묻는 일이다.

두 번째 방법은 이름을 부르는 일이며,

세 번째는 기억하는 일이다.

서로의 이름을 묻고, 부르고,

기억하는 일보다 더

아름다운 순간들이 있었던가.

너의 이름을 부르다

시골 마을 이토모리에 사는 미츠하(카미시라이시 모네)는 어느 날 눈을
떠보자 도쿄에 사는 타키(카미키 류노스케)의 몸속으로 들어와 버렸음
을 깨닫는다. 타키 역시 당황하긴 마찬가지다. 천방지축 도시 소년은
이제 수줍은 소녀의 몸속에 있다.

　둘은 이 기이한 현상에 대한 원인을 모르기에 몸이 바뀐 날이면 각
자의 방법으로 그날 있었던 일을 기록하고 알려주기 시작한다. 노트
는 물론이며, 휴대전화, 팔뚝, 얼굴과 손바닥은 소통 창구다. 소년과 소
녀는 서로의 이름을 묻고, 부르고, 기억한다. 하지만 그것도 잠시, 언제
그랬냐는 듯 더 이상 몸이 바뀌지 않는다.

미츠하의 소식이 궁금해진 타키는 몸이 바뀌었을 당시에 미츠하의 집
이 있던 호숫가의 작은 마을을 무작정 찾아가기로 한다. 하지만 힘들
게 도착한 그 마을은 이미 폐허가 되어 출입이 금지된 지역이다. 3년
전 혜성에서 분리된 운석이 떨어져 참사가 일어났기 때문이다. 1,200
년 만에 육안으로 혜성을 관찰할 수 있게 된 그 날, 타키는 도쿄의 기
숙사 옥상에서 떨어지는 운석을 바라보고 있었다. 미츠하는 마을의
축제에서 떨어지는 운석을 바라보고 있었다.

　소년과 소녀는 서로 다른 곳에서 같은 하늘을 바라보고 있었다.

다른 시간 속에서

소년과 소녀는 - 그리고 관객은 - 당연히 서로가 동 시간대에 살고 있다고 생각한다. 하지만 이토모리와 도쿄라는 거리보다 3년이라는 시간의 간극으로 둘은 서로를 알아볼 수가 없다. 3년 전, 몸이 뒤바뀌는 일을 먼저 경험한 미츠하가 무작정 타키를 찾아가지만 현실의 타키는 그녀를 '아직은' 알아보지 못한다. 3년이 지나고 나서야 그녀의 존재를 인식하게 될 것이다.

자신을 몰라보는 타키에게 상처를 받은 미츠하는 마을로 돌아와 머리를 짧게 자르고 축제에 참석한다. 만약 타키가 미츠하를 알아보았다면, 운명은 뒤바뀌었을까. 운석이 마을로 떨어지던 밤이었다.

떨어진 운석, 폐허가 된 마을, 피하지 못하고 죽어간 사람들. 3년이 지난 지금, 그들의 이름은 이제 불리지 않는다. 자료를 찾아보고, 관련 서적을 들춰보아도 마을은 존재하지 않으며, 미츠하라는 소녀 역시 마을과 운명을 함께했다.

하지만 타키는 누군가의 목소리를 분명히 들었기에 포기할 수 없다. 만약 한 번 더 몸이 바뀌는 일이 일어난다면, 미츠하의 몸속으로 들어갈 수만 있다면, 3년 전으로 시간 여행을 할 수 있다면, 어쩌면 마을 사람들을 구해낼 수 있지 않을까.

타키는 폐허가 된 마을의 깊숙한 곳, 과거의 기억 속으로 걸어 들어간다. 그리고 간절히 외친다. 미츠하의 이름을.

간절히 부르는 그 이름들

몸이 뒤바뀐 사실을 알아차린 이후 흘러나오는 '전전전세前前前世'에
는 래드윔프스*Radwimps* 특유의 익살스러움과 펑키함이 있다. 몇 억
광년의 이야기를 한 곡에 담아 들려주려 하는 노랫말 속 화자는 마치
미츠하와 타키의 마음을 읽어낸 것만 같다. 때로는 다정하게, 때로는
귀엽게 표현하는 〈너의 이름은.〉의 ost는 마치 10대의 기분처럼 수시
로 변한다.

　그러다 '스파클*Sparlke*'에 이르러선 결국 온 마음을 내어놓게 된
다. 두 세계를 연결하는 실처럼 섬세하면서도 신비로운 멜로디는 신
카이 마코토 감독 특유의 속도감을 자아낸다. 부드러운 피아노 아르
페지오와 노다 요지로*Noda Yojiro*의 맑은 목소리는 서로의 소리에 더
귀를 기울이겠다는 듯 절제하며 어우러진다. 이내 기타와 드럼이 등
장하며 각자의 개성을 드러낸다. 또한 각 악기가 내는 소리를 잘 들으
려 한다. 너의 이름은 무엇인지 듣고자 한다.

　그러나 현실 세계는 혜성이 떨어지는 비극적인 장면들로 서정적
인 멜로디와 충돌한다.

〈너의 이름은.〉은 재난이 덮친 지역에 살았던 사람들의 이름을 부르는
데에서 출발한 영화다. 그러한 부름이 이곳과 저곳을 연결하는 하나
의 실이 될 수 있다고 믿는 영화다. 실 전화기를 만들어 짝꿍의 이름을
불렀던 그 시절을 현실로 불러들인다. 두 개의 종이컵을 실로 연결해
멀찌감치 떨어져 부르던 그 이름들. 너의 이름은 어디로 가 버린 걸까.
수많은 이름들이 그리운 밤이다.

'너'와 '나'의 거리를 좁히는 첫 번째 방법은 이름을 묻는 것이다.
두 번째 방법은 이름을 부르는 것이며, 세 번째는 기억하는 것이다. 서
로의 이름을 묻고, 부르고, 기억하는 일보다 더 아름다운 순간이 있었
던가.

하지만 크고 작은 삶의 충돌 속에서 세상의 이름들은 희미해지기
마련이다. 비현실적으로 가속도가 붙는 시간의 이상기류—사실은 정
상일 테지만—속에서 흐려지고 휘발되어 버린다. 개중에는 불리지 않
을뿐더러, 더 이상 물을 수 없는 이름도 존재한다. 지금도 여전히 수많
은 이름의 조각들이 외따로이 부유하고 있다. 이름을 불러 조금이라
도 가까워질 수 있다면, 그럴 수만 있다면.

아직도 차가운 바닷속에서 나오지 못한 채로 우리를 부르는 이들이
있다. 이젠 영영 돌아오지 못할 이름들이 몹시 아프다. 영화 속 주인공
들에게 무작정 마음을 내주고야 마는 건 교복을 입은 아이들이기 때

문일까. 나아가선 이미 지나쳤고, 지나쳐 갈 것이며, 지나치고 있는 우리의 모습이 담겨 있기 때문일 것이다.

어쩌면 나에게 모든 애니메이션은 그리움에서 출발하는지도 모르겠다. 어린 시절 만화영화로 만난 세계의 민낯은 차갑지 않았고, 냉정하지도 않았다. 잔혹한 어른들의 세계는 차라리 만화적 상상력으로 감추는 편이 나을지도.

그래서일까, '몇 생이라도 꿋꿋하게 살아나가자'(스파클)라는 노다 요지로의 목소리가 이토록 간절하게도 들려온다. 과학적으로 아무런 증명이 되지 않았더라도, 그 말을 붙잡지 않을 수가 없는 것이다.

우리는 모두
당신의 친구

엔니오 모리꼬네의
영화음악을 들으며

~~~~~~

우리는 모두 당신의 친구.

죽음은 다만

작은 어둠일 뿐이며,

우리는 다시 더 큰 세계에서 만날 것이다.

그곳에서도

당신의 음악이 들려오면 좋겠다.

부고

나, 엔니오 모리꼬네는 이 세상을 떠났다

Io Ennio Morricone sono morto.

2020년 7월 6일 오전, 엔니오 모리꼬네가 향년 91세로 로마에서 별세했다.

그는 직접 쓴 부고를 통해 가깝게 지냈던 지인들과 한동안 만나지 못했던 이들에게 깊은 애정을 담아 인사한다. 더불어 가족에 대한 사랑, 그리고 아내에 대한 애틋한 마음을 덤덤하게 고한다. 단 몇 줄의 문장만으로 그는 많은 이야기를 전한다. 어쩌면 그의 음악만큼이나 긴 이야기를.

그는 우리 시대 최고의 영화음악가이자, 위대한 작곡가, 무엇보다 영화를 사랑하는 씨네필의 친구였다.

엔니오 모리꼬네의 타계 소식을 들은 나는 순식간에 상실의 감정에 휩쓸렸지만, 한편으로 그런 나의 모습이 조금 서툴고 어색하게 느껴지기도 했다. 영화를 향한 나의 마음이 이전과는 달라졌기 때문일까. 그의 부고는 내가 영화에 빠지게 된 즈음을 떠올리게 만들었다. 나는 그 시간을 통과한 이후에야 비로소 순수한 슬픔을 나눌 수 있다는 막연한 상념에 사로잡혔다.

저는 씨네필인데요

1999년 출범한 시네마테크부산은 수영만 요트경기장에 전용관을 갖춘 국내 최초의 시네마테크였다. 2011년 센텀시티에 영화의 전당이 들어서며 자리를 옮기게 되었지만, 그 전만 해도 영화를 한 편 보고 나오면 그윽한 바다향이 짙게 밀려오는 그야말로 남쪽 도시의 이색적인 극장이었다. 그늘도 바람도 없는 광활한 요트경기장에는 상의를 탈의한 채 달리기를 하는 사람들을 흔히 볼 수 있었고, 요트 관리자나 소유주는 물론이며, 낚시꾼들까지 심심찮게 마주칠 수 있었다.

하지만 시네마테크 주변에는 신발을 구겨 신고 어슬렁어슬렁 걸어와선 영화를 보고 사라지는 나 같은 치들이 대부분이었는데, 개중에는 유명한 감독과 배우도 있었다. 그들도 나와 다를 바 없는 행색이었다. 영화를 보는데 대단한 복장이나 정돈된 스타일이 필요한 건 아니기 때문이다. 시네마테크는 '영화는 극장에서 봐야 한다'는 가치를 가진 이들이 일군 예술극장이었다. 무엇보다 프로그래머가 심혈을 기울여 선정한 영화들은 모두 흥미로웠다.

아무튼 나는 풋내기 대학생이었고, 진로의 갈피를 제대로 잡지 못한 채 방학 대부분을 영화관에서 보내는 문학도였다. 시네마테크는 회원 가입을 통해 이러저러한 혜택을 제공했다. 나는 비평 프로그램을 수강하거나 영화 워크숍에 참여했다. 그 과정에서 영화를 사랑하는 다양한 방법을 고민하게 되었는데, 이를테면 지금 쓰는 이 글이 그 흔적이라고 할 수 있다. 나는 비평문을 쓰기도 했고, 영화를 만들기도 했으며, 두 번 다시는 영화와 관련한 일은 하지 않겠다고 토라지기도 했다.

특히 그 시절의 나를 사로잡은 건 영화관에 모인 사람들의 '무드'였다. 하루의 마지막 영화가 끝나고 나면 극장에서 만난 이들과 밤새 술을 마시고, 영화의 한 장면을 논의하다 다투기도 하고, 다음에 볼 영화를 공유하며 하루하루를 보냈다. 시네마테크 운영진은 부산국제영화제의 핵심인력이었으므로 그런 생활은 자연스레 국제적인 축제의 장으로 이어졌다.

부산국제영화제에서는 전국의 영화 관련 학과 학생들에게 씨네필 카드를 제공했는데, 하루에 4편의 영화를 영화제 기간 내내 볼 수 있는, 나 같은 백수를 위한 맞춤형 선물이었다. 그리고 그해(2007년) 부산국제영화제에 엔니오 모리꼬네가 내한했다.

개막 직전 소나기가 세차게 내렸고, 전제덕의 하모니카 연주가 요트경기장을 휘감던 초가을의 짙은 밤이었다. 개막작을 위한 대형 스크린 앞으론 화려한 무대가, 바닥에는 레드카펫이 깔려 있었다. 나는 어떤 마음에서였는지 무대 뒤로 숨어들어 엔니오 모리꼬네를 보고자 했다.

경호원은 길을 막으며 관계자 외에는 들어갈 수 없다고 말했다.

"저는 씨네필인데요."

내가 당당하게 말했다. 경호원은 더욱 의아해하며 길을 막았다.

"못 믿으실 수도 있겠지만, 저는 정말 씨네필이에요."

나는 영화제의 씨네필 카드를 들이밀었지만 물론 소용없는 짓이었다. 그러다 멀찌감치 내가 찾고자 하는 사람이 분명해 보이는 노부부의 뒷모습을 보았을 때, 나는 내가 얼마나 영화를 사랑하는지 깨닫게 되었다. 나는 얌전히 자리로 돌아와 개막작을 보았고, 일주일 동안약 30편 이상의 리뷰를 써서 영화제 홈페이지에 올렸다.

부산국제영화제 측에서는 나 같은 씨네필을 딱하게 여기고 있었던 것 같다. '찜질방에서 숙식하며 하루에 4~5편의 영화를 일주일 동안 몰아보는 문청이라니. 공짜 술은 또 얼마나 마셔대는지.'라고 수근 댔을지도 모를 일이다. 나는 그 해에 '최다리뷰상'을 수상해 오사카행 크루즈의 스위트룸 티켓을 받았다. 이듬해 영화제에서는 보다 특별한 기회를 마련해주었는데, 생산적인 영화 토론의 장을 만들어내고자 탄생한 '시민평론가'가 바로 그것이다.

영화라는 집은 꽤 넓고 높아서 우리 모두에게 안락한 소파를 내어주었고, 함부로 내쫓지도 않았다. 영화 앞에서만은 배우도, 감독도, 프로그래머도 모두 관객일 뿐이었다. 말하자면 친구라 불러도 좋을 만한 관계였다. 나는 부산국제영화제의 시민평론가로 정식 초청되어 많은 혜택을 누릴 수 있었다. 대신 몇 편의 영화를 필수적으로 봐야 하고, 토론에 참가해야 하고, 공개적인 지면에 글을 싣는 게 그 조건이었다. 나아가선 시민평론가상을 제정해 '한국영화의 오늘-비전' 부문에서 최우수 작품을 선정하는 영광도 누릴 수 있었다. 그야말로 씨네필에게는 최고의 호사를 누릴 수 있는 자리였다.

이러한 과정이 없었다면 나는 소설을 쓸 마음도, 영화의 소리를 글로 쓰고자 하는 마음도 들지 않았을 것이다. 확실히 나는 영화-특히 시네마테크부산과 부산국제영화제-에 빚을 지고 있다. 언제 갚을지는 도통 모르겠지만.

피아니스트의 전설

지금도 나는 엔니오 모리꼬네의 음악을 들으면, 설레고 아파했던 여러 밤을 분명하게 떠올릴 수 있다. 영화음악을 듣는 일은 순도 높은 즐거움이기도 하다. 음계와 박자, 분위기와 톤, 악기의 종류와 세기 등을 분석할 수도 있겠지만 무엇보다 그 모든 걸 압도하는 음악 자체의 아름다움이 있기 때문이다.

많은 영화음악이 그럴 테지만 특히 엔니오 모리꼬네는 영화음악을 독보적인 영역으로 만든 우리 시대의 아름다운 예술가다. 그는 음악적 실험에 주저하지 않았고, 진취적이면서도 고전적인 힘을 동시에 가지고 있었다. 무엇보다도 창작의 열정이 그의 작업을 지치지 않게 만들었다.

그의 음악에 빠진 이들은 저마다의 이유로 그를 사랑한다. 어쩌면 그것은 영화를 사랑하는 방식과 닮았고, 확장해선 세상의 소리를 받아들이는 방식과도 상응한다. 나 역시도 그의 음악에 빠져 지내던 시절이 있었고, 여전히 유효한 그 시절의 향기가 어느 하루를 유달리 만들어주기도 한다. 〈미션〉의 오보에와 〈황야의 무법자〉의 휘파람과 〈러브 어페어〉의 피아노. 독주와 오케스트라, 흥얼거림. 어떤 단조와 종소리, 혹은 무음.

그는 모든 악기에 녹아 있다.

내가 유일하게 연주할 수 있는 기타 연주곡은 엔니오 모리꼬네의 'Love Theme(〈시네마천국〉 ost.)'과 'Playing Love(〈피아니스트의 전설〉 ost.)'다. 나는 이국의 길거리에서 이 곡을 연주했고, 소담한 카페에서, 내 방 책상 앞에서, 꿈속에서도 연주했다. 이 곡에는 가사가 없지만 분명한 주제가 있다. 바로 사랑. 이는 삶에 대한 사랑이기도 하고, 연인에 대한, 꿈에 대한, 이미지에 대한, 음악에 대한, 영화에 대한 사랑, 곧 사랑에 대한 사랑이다.

〈피아니스트의 전설〉의 주인공 '1900'은 세상으로 향하지 못하고 검은 건반과 흰 건반과도 같은 피아노 속에서, 자신이 태어난 배 안에서 삶을 마감한다. 그에게 육지는 두렵고 버거운 세상이다. 차라리 고독한 바다가 마음의 안정과 평온을 주는 고향이다. 하지만 단 한 번, 그가 사랑에 빠진 채 연주한 'Playing Love'는 여전히 내 마음속에서도 큰 울림으로 남아 있다. 엔니오 모리꼬네가 만든 이 곡이 '1900'의 손끝에서 스크린을 통과해 영화관 너머로, 저 하늘로, 창문 안으로, 내게로 온다.

세상일에 뾰로통하고 고집이 세며 지기 싫어하던 철부지의 나는 영화를 통해 타인을 알아가기 시작했고, 타인의 목소리를 들었으며, 타인의 삶을 엿보았다. 또한 영화를 통해 친구를 만났고, 그들의 친구가 되었고, 결별하기도 했다. 영화를 통해 세상을 보고, 세상을 통해 영화를 공부하던 나날이었다.

같은 맥락으로 내가 듣고 사랑하고 연주하게 된 음악들은 내 삶에서 떼려야 뗄 수 없는 일부가 되어버렸다. 나는 '사랑의 테마(*Love Theme*)'와 '사랑의 연주(*Playing Love*)'를 통해 사랑을 알고 배우고 이해하고자 했다. 돌이켜보니 그 시절의 내가 억지를 부려서라도 무대 뒤에서 그를 만나고자 했던 이유는 단 하나밖에 없었던 것 같다. 〈시네마천국〉을 보았기 때문에. 그건 충분한 이유가 될 수 있을 것이다.

지금의 나는 십수년 전의 씨네필과는 멀어진 삶을 살고 있다. 한편으로 생각해 보면 작가라는 직업은 그때와는 조금도 달라지지 않은 삶이기도 하다. 여전히 그의 음악을 통해서 영화를 만나고, 사랑을 배우고, 삶에 대해 쓰고 있기 때문이다.

내게 영화를 사랑하는 한 방식을 알려준 그는 여전히 지금도 어디선가 악보를 그리고 지휘를 하고 있을 것만 같다. 그가 들려주는 사랑이 나의 가슴으로 온다. 우리는 모두 당신의 친구. 죽음은 다만 작은 어둠일 뿐이며, 우리는 다시 더 큰 세계에서 만날 것이다.

그곳에서도 당신의 음악이 들려오면 좋겠다.

take 2,
고독하거나

Almost
Blue

로버트 뷔드로*Robert Budreau*의
〈본 투 비 블루*Bone to be Blue*〉(2015)를 들으며

~~~~~~

이것은 와인과 같아요.

달콤한 듯 씁쓸하고, 차가운 듯 따뜻하며,

부드러운 듯 강렬하기에.

이토록 신기한 느낌은 느껴본 적이 없어요.

그러니 부디 나를 용서하세요.

쳇 베이커가 오다

그를 만난 것은 내가 소설을 쓰리라 결심한 즈음이다. 나는 학교 앞에 작은 원룸을 구해 소설을 핑계 삼아 밤낮없이 무언가를 마셔댔다. 쓴 다는 건 엄청난 에너지가 드는 일이었기에 그만큼의 보충이 필요했 다. 어쨌거나 내 속으로 들어온 건 커피나, 와인, 노을에 담긴 우울이 나 쳇 베이커의 재즈였을 테지. 공허한 마음을 채우기 위해 끝없이 무 언가를 집어넣었는데도 자꾸만 살이 빠지던 시절이었다.

나는 꽤 진지하게 그의 음악을 들었다. 내가 가진 스피커는 좁은 방에 비해 턱없이 크고 좋았다. 나에겐 음악적 허세가 있었고, 사실 그 건 나의 전부나 다름없었다.

그날도 쳇 베이커를 들으며 여느 날처럼 소설에 몰두하고 있었다. 자 정이 막 넘어가는 무렵이었을까, 스피커 안에서 마른기침 소리가 들 리는 게 아닌가. 나는 놀라서 의자 위로 껑충 뛰어올랐다. 여전히 스피 커에서는 수상한 소리가 나고 있었다. 나는 조심스럽게 기다란 스피 커의 덮개를 살짝 젖혀보았다.

그런데 그 좁은 스피커 안에서 쳇 베이커 씨가 편안하게 등을 기댄 채 트럼펫을 불고 있는 게 아닌가. 그는 좀 귀찮다는 듯 나를 한 번 노 려봤을 뿐 연주를 멈추지 않았다. 나는 덮개를 원래대로 덮어두곤 멍

하니 스피커에서 흘러나오는 그의 트럼펫 소리를 들었다. 꽤 춥고 쓸쓸한 자취방이었는데, 누군가 곁에 있다는 게 그다지 싫진 않았다.

이후로도 그는 새벽 무렵이면 스피커에서 슬며시 빠져나와 담배를 피우고 돌아갔다. 아일랜드 식탁 위에 반쯤 남아 있는 위스키를 병째로 들이키기도 했다. 움푹 팬 그의 볼은 오아시스를 담아낼 정도로 넓고 깊었다. 하지만 물은커녕 어떤 생명체도 살아남을 수 없을 정도로 메말라버린 사막이 그의 얼굴에 펼쳐져 있었다. 우리는 각자의 영역을 지키며 동거를 시작했다.

문제는 음악을 끄고 침대에 누웠을 때였다. 좀체 잠이 오지 않았다. 청춘의 열병인지, 벗어날 수 없는 몽상의 지속인지, 불면의 나날이 이어졌다. 그럴 때 쳇 베이커 씨에게 연주를 부탁하면 나는 잠의 세계로 빨려 들어갈 수 있었다.

그는 나에게 유용한 삶의 지침을 알려주기도 했다. 이를테면 침대에서 일어나지 않기, 하염없이 천장을 바라보기, 샤워기에 뜨거운 물을 틀고 웅크리고 있기, 알람이 울리는 휴대전화를 던지기 등.

그와 나는 언어도, 살아온 환경도, 나이도, 취향이나 스타일도 달랐지만, 점점 가까워지고 있었다. 그것은 와인과 같았다. 달콤한 듯 쏩쏠하고, 차가운 듯 따뜻하며, 부드러운 듯 강렬한. 이토록 신기한 느낌은 느껴본 적이 없었다.

Bone to be Blue

동거인으로서, 쳇 베이커에 대해 말해보라면 나는 단 한마디도 할 수가 없다. 그저 그의 음악을 들려주는 게 최고의 설명이 될 테니까. 하지만 그에 관한 영화라면, 이건 다르다. 쳇 베이커의 영화가 아닌, 우리가 쳇 베이커를 떠올렸을 때 감각할 만한 '우울'에 관한 영화이기 때문이다.

재즈, 마약, 여자에 취해 평생을 살아간 이 천재 뮤지션의 삶은 그다지 평탄하지 않았다. 그럼에도 자신을 휘감은 몽롱한 세계에서 흘러나오는 음의 사이 사이를 짚어내려 한 건 분명하다. 무대 뒤의 쳇 베이커는 말라버린 우물에 두레박을 던지는 사람처럼 애처롭고 위태롭다. 그가 웨스트코스트에서 온 백인이기 때문일까, 이렇다 할 테크닉이나 독창적인 프레이즈를 가지고 있지 않아서일까.

극 중 디지 길레스피Dizzy Gillespie가 말하듯 그의 연주는 볼륨이 다운되어 있고, 음이 흔들리며, 거의 플랫(반음 낮은 음)이다. 어쩌면, 그래서일 수도 있겠다. 그의 재즈는 희한하게 좋다.

그를 허물어뜨린 정체는 무엇이었을까. 진정 그를 나락으로 빠지게 만든 것은 마약이었을까. 〈본 투 비 블루〉는 버드랜드의 전성기 시절이 아닌 불량배들에게 구타를 당해 앞니를 잃고 더 이상 트럼펫을 불

지 못하는 절망적인 시기의 쳇 베이커(에단 호크)를 조망한다. 음반제
작자들마저 그를 포기하고 등을 돌리지만 그의 전기 영화를 함께 촬
영하던 여배우 제인(카르멘 에조고)은 그와 함께 지내기로 결심한다.
누구도 그를 알아봐 주지 않을 때, 그녀만이 곁에 남아 있다. 이 뮤즈
의 헌신적인 사랑은 그를 변화시킨다.

앞니가 빠진 잇몸은 트럼펫의 마우스피스를 지지하기엔 턱없이
부족하지만, 그는 틀니를 착용하면서까지 연습하기 시작한다. 허무하
게 바람이 빠지는 소리는 그의 개성이 되고, 힘없이 늘어진 그의 어깨
는 점차 스타일이 된다. 그는 작동법을 모르고 기계를 만지는 어린아
이처럼 모든 일에 어수룩하기 짝이 없다. 그럼에도 버드(Charles "Bird"
Parker, Jr.)에 대해 말을 할 때면, 다른 사람이 된다. 디지 길레스피와 마
일스 데이비스Miles Davis를 대면할 때도 달라진다. 그의 트럼펫 소리
는 점점 깊어지고 재즈와도 다시 가까워진다.

그러나 그는 전혀 변하지 못했다. 그를 깊이 장악해왔던 우울에서
는 단 한 발짝도 벗어나지 못했다. 단 한 번도 사랑에 빠지지 않은 사
람처럼, 아니 그러지 못한 사람처럼.

거의 블루(Almost blue)에 가까운 그의 삶은 밥 딜런Bob Dylan의 시
대에 밀려 재즈의 운명과 함께한다. 전설이었던 그를 기억하는 사람
은 많지 않다. 늙어버린 외형과 죽어버린 목소리는 관객에게 어떤 기
대도 주지 못한다. 어렵게 잡은 재기 무대 위에서 그는 다시 찾아온 공

포와 맞서야 한다.

그는 'I've never been in love before'를 부르는 중에 스스로 목을 가르는 행위를 취한다. 그는 마약 없이 무대에 서겠다는 제인과의 약속을 어긴 것이다.

그러니 이 무력하고 흐릿한 나를 용서해줘요.
So please, forgive this helpless haze I'm in.

떨려오는 그의 목소리는 누구를 향한 고백인가. 제인은 원래 있긴 했던 걸까. 과거 속에서만 자리한 기억의 조각은 아니었을까.

어두운 무대 위에 빛나는 황금색 트럼펫은 와인처럼 달콤하고 씁쓸하며 차갑고 따뜻하다. 이 부드럽고 강렬한 소리가 사람과 사람의 사이에, 입술과 악기 사이에, 음과 음 사이에 들어찬다. 무기력하게 껴안은 몽롱함, 나지막한 그의 목소리, 관을 뚫고 느리게 흘러나오는 파랗고 진한 그의 색. 그가 다음 곡을 소개한다.

'Bone to be Blue'
그가 잠시 다녀간 삶의 정체다.

고독의 연주를 끌어안는 자,
토니 타키타니

이치카와 준*Ichikawa Jun***의**
〈**토니 타키타니***Tony Takitani*〉(2004)를 들으며

~~~~~~

그건 이 영화에서만 들을 수 있는

특별한 침묵이기에

하나의 소리처럼 느껴지기도 한다.

잔잔한 파도 같은 이 비어 있는 사운드가

자아내는 울림은

어느 음악보다 아름다우며, 또 한 공 허 하 다.

침묵의 연주

피아노, 절제된 듯 정확하게 두드리는 건반은 느긋하면서도 긴장을
놓치지 않는다. 프레임은 책장을 넘기는 소리와 함께 오른쪽에서 왼
쪽으로 넘어간다. 그렇게 몇 페이지가 넘어가면, 한 아이의 삶이 이름
에서부터 시작된다는 걸 일러주듯 내레이션이 등장한다.

토니 타키타니의 본명은 정말로 토니 타키타니다.

이 묘한 문장 속에는 무라카미 하루키*Murakami Haruki*의 세계가 녹아
있다. 인물을 정직하게 소개하고, 나아갈 이야기의 흐름을 제시하며,
무엇보다 특유의 유머가 배어 있다.

무라카미 하루키의 동명 소설《토니 타키타니》를 원작으로 삼고
있기에 영화는 내레이션을 통해 소설의 문장을 고스란히 들려주길 원
한다. 그러면서도 문단과 문단, 혹은 문장과 문장 사이에 쉼표를 넣어
관객이 긴 숨을 들이마셨다 내뱉을 수 있도록 천천히 이미지를 배합
한다. 여전히 화면은 오른쪽에서 왼쪽으로 넘어가지만, 잔잔하던 피
아노 음률은 고음의 저편에서 화음을 이탈한 채로 갈피를 잡지 못하
고 서성인다.

류이치 사카모토*Ryuichi Sakamoto*의 연주만으로도 이 영화는 듣는

영화가 된다. 게다가 하루키의 문장을 읽어주는 니시지마 히데토시 *Nishijima Hidetoshi*의 내레이션은 한층 깊은 여운을 자아낸다. 간간이 내레이션을 차단하며 자신의 목소리를 내는 배우들의 연기 또한 흠잡을 데 없다.

하지만 듣는 영화로써 이 영화를 완성하는 건, '침묵'이다. 이 영화에서만 들을 수 있는 특별한 침묵이기에 하나의 소리처럼 느껴지기도 한다. 잔잔한 파도처럼 무언가 비어 있는 사운드가 자아내는 울림은 어느 음악보다 아름다우며, 또한 공허하다.

토니 타키타니

타키타니 쇼자부로(이세이 오가타)는 나름 이름난 트럼본 주자다. 사소한 문제로 태평양 전쟁이 일어나기 4년 전 상해로 피신해서 지내게 되었는데, 악기 하나로 삼시 세끼를 때울 수 있다는 것만으로 그는 별다른 불만이 없다. 하지만 전쟁이 끝나자 그 시절 이런저런 무리와 교류한 게 화근이 되어 형무소에서 지내게 된다. 형무소의 방은 좁고 고독하다. 그는 차가운 방에 한쪽 어깨만 누인 채로 다가올 죽음에 대해 생각한다.

홀쭉이 야위어 일본으로 돌아온 그는 옛 동료들과 재즈 밴드를 꾸리며 살아간다. 어머니 쪽의 먼 친척인 여자와 결혼하게 되지만 그녀는 아이가 태어난 지 3일 만에 죽어버린다. 쇼자부로와 사이가 좋았던 미군 소좌는 태어난 아이에게 '토니'라는 이름을 지어주는 게 어떻겠냐고 제안한다. 당분간 미군의 시대가 이어질 것이고, 미국식 이름도 나쁘지 않은 것 같았기에 쇼자부로는 토니 타키타니─이세이 오가타는 아버지 쇼자부로 역과 토니 타키타니의 역을 동시에 맡는다─라고 이름을 짓는다.

쇼자부로가 공연을 핑계로 자주 집을 비웠음에도 토니는 외로움을 느끼지 않는다. 토니에게는 특별한 미술적 재능이 있었는데, 특히 기계를 그리는 것에 특출났다. 지인들은 그의 그림에는 온기가 느껴지지 않으며 기계적이어서 예술이라 할 수 없다고 비판하지만 반대로 토니는 예술성이라는 것들이 단지 미숙하고 추하고 부정확하다고 느낀다.

그는 자동차나 라디오나 엔진 등 물건의 세부에 관한 무엇이든 진지하게 그려나가고, 자연스레 일러스트레이터가 된다. 서른다섯 살이 되었을 즈음에는 이미 명성을 얻고 부도 축적했다. 그런 그에게 열다섯 살 차이가 나는 에이코(미야자와 리에)가 나타난다. 토니는 그녀를 두고 이렇게 표현한다.

'그녀는 마치 특별한 바람에 휩싸인 듯 자연스럽게 옷을 걸친 채였다.'

그녀를 다섯 번째 만났을 때, 토니 타키타니는 진심을 다해 청혼한다. 그리고 그들은 부부가 된다. 이로써 토니 인생의 고독한 시기는 끝난다. 하지만 고독하지 않다는 것은 그에게는 기묘한 상태다. '한 번 더 고독이 찾아오면 어떡하지' 하는 공포가 생겨난 것이다. 하지만 차츰 그러한 공포도 일상의 행복 속에서 무뎌진다.

그들에게는 어떤 문제도 보이지 않는다. 굳이 토니에게 신경 쓰이는 일이 있다면 에이코가 옷을 너무 많이 산다는 것이다. 그녀 역시 이 문제를 잘 알고 있기에 중독되어버린 자신의 상황을 토니에게 털어놓는다. 그토록 많은 옷을 사고 입기에 결국 몸은 하나밖에 없다. 그녀는 토니를 사랑하고, 존경하기에 스스로 절제하기로 결심한다.

이제 막 구입한 옷들을 환불하고 돌아오는 길이 가볍기만 하다. 하지만 신호를 기다리는 동안 그 옷들이 머릿속을 떠나지 않는다. 그녀는 급히 핸들을 꺾으며 어딘가로 향하는 길에 자동차 사고를 당하고 만다.

토니 타키타니는 행복을 알기 전에는 미처 느끼지 못했던 거대한 고독과 마주한다. 결국 에이코와 같은 체형의 비서-히사코 역 역시 미야자와 리에가 맡았다-를 채용하는 지경이다. 조건은 오로지 하나, 아내의 옷을 입고 일을 해달라는 것. 그런데 히사코는 에이코의 옷을 입어보자 울음을 참지 못한다. 그녀는 이렇게 아름다운 옷들을 처음

입어보아서 정신이 혼란스럽다고 말한다.

토니 타키타니는 생각을 고쳐먹고는 모든 옷을 팔아버리기로 결정한다. 비서로 채용한 히사코에게도 사과의 인사를 전한다. 아내의 옷 방은 텅 비워둔 채로 둔다.

2년이 지난 어느 날, 토니는 아버지가 돌아가셨다는 소식을 듣는다. 그에게 남은 건 트럼본과 재즈 명반들이다. 그러나 레코드 더미를 간직하는 게 점점 귀찮아진 토니는 모든 물건을 불에 태우거나 팔아버린다.

레코드 상자를 싹 치우고 나자, 토니 타키타니는 비로소 외톨이가된다. 마치 감옥에 갇혀 있던 아버지가 그러했듯 비어 있는 옷방에서, 한쪽 어깨만 누인 채로 과거를 잊어간다. 하지만 다른 모든 건 잊어도 아내의 방에서 흐느껴 울던 그 여자의 울음소리만은 잊을 수가 없다.

고독의 정체

영화의 중반, 토니와 에이코는 쇼자부로의 공연장에 방문한다. 토니는 이전부터 그 연주를 들어왔기에 아버지가 여태껏 똑같은 음악을 하고 있다는 걸 알고 있다. 하지만 그날은 왠지 약간의 차이, 아주 사소한 차이가 거기에 있다는 걸 알게 된다. 토니는 그게 무엇인지 모르지만, 그 차이가 중요하다고 생각한다. 과연 그건 무엇일까.

삶의 세부를 정확하게 그려내는 토니에게는 정말로 그 차이가 궁금하다. 토니는 당장이라도 아버지에게 다가가 질문하고 싶다. 하지만 화면은 여전히 우리의 시간처럼 흐를 뿐이다.

토니는 스스로 감당하기 힘들 정도로 옷을 사는 아내에게 질문한다. 정말로 그렇게나 많은 옷이 필요한 걸까. 이는 비난이나 지적이 아닌 순수한 질문이다. 타인의 삶에 대한 불명확한 부분을 정확히 바라보고자 하는 궁금증이다.

그는 이제 질문하는 인간이 되어버린 듯하다. 물론 어디에도 답은 없다. 오직 질문만이 남았을 뿐이다.

어쩌면 토니는 아버지의 연주를 통해서 보고 싶지 않았던 고독을 엿보았을 수도 있다. 혹은 그 연주를 통과한 자신의 마음속에서 전에 없던 마음의 공허를 발견한 건지도 모른다. 그것은 토니가 이해할 수 없었던 예술(삶)의 '불확실성'과 닮아 있다. 그는 아직 고독을 이해할 준비가 되어 있지 않다. 어쩌면 영영 그럴 것이다.

사람과 사람 사이에는 텅 빈 공간이 있고, 그것은 영원히 메울 수 없는 거리다. 아무리 가까운 부부라 할지라도, 아버지와 아들의 관계여도, 그 간극은 대륙과 대륙을 갈라놓은 바다의 너비만큼이나 아득하다. 혼자 태어나서, 혼자 죽을 수밖에 없는 이 불완전한 존재들은 그래서 울음을 참는다. 울어봤자 아무런 소용이 없기 때문이다.

그러나 가끔 그 울음을 대신하는 침묵이 허무의 공간을 채운다. 그곳에는 애처로운 슬픔이나, 애틋한 그리움은 없다. 오직 덤덤한 침묵만이 대답을 유보하는 방식으로 답을 한다. 누구도 대답하지 않는 세계의 질문이란 얼마나 외로운가. 어쩌면 토니 타키타니가 아버지의 연주에서 본 고독의 정체란 대답할 수 없는 삶의 세부일 것이다. 아무리 정교한 토니라 해도 결코 그릴 수 없는 불분명한 종류의 세부…….

그래서일 것이다. 고독을 그려내기 위해서는 고독하지 않은 순간을 그려내는 수밖에 없다. 그림자를 보기 위해서는 빛이 필요하듯, 침묵을 느끼기 위해서는 소리가 필요하듯, 고독을 살피기 위해선 고독하지 않은 순간이 필요하다.

류이치 사카모토가 부려놓은 선율 사이사이에서야 비로소 우리는 소리의 정체와 소리 없음의 울림을 경험할 수 있다. 이치카와 준 감독은 피아노의 검은 건반과 흰 건반 사이가 그토록 넓을 수 있다는 걸 덤덤하게 연출해 낸다.

그 넓은 공간에서 고독하게 웅크리고 있는 한 남자가 있다. 고독이라는 감옥 속에서, 텅 빈 방 안에서, 아내가 두고 간 그림자를 지워가는. 그의 본명은 정말로 토니 타키타니다.

재능 있는
리플리메리카노

안소니 밍겔라*Anthony Minghella*의
〈리플리*The Talented Mr. Ripley*〉(1999)를 들으며

~~~~~~

아무리 그런들

메리카노 메리카노만 외쳐도 재즈가 되는

이탈리아의 해안가가 배경인 영화라면,

무엇이 더 필요하겠는가.

이미 내 귀는 나폴리, 나폴리거리며

스윙, 스윙하는 중일 텐데.

리플리와 나

2015년 9월부터 2016년 1월까지 멜버른 대학교 내 일식당에서 접시를 닦았다. 그곳이 나를 끌어당긴 이유 중 하나는 캠퍼스 내에 있다는 점이었다. 대학 생활을 오래 해온 나에게 학교는 심적으로 안정과 영감을 주는 장소였다. 그렇다 하더라도 키친핸드(주방보조)는 쉽지 않은 직종이었다. 초반에는 손바닥에 물집이 잡히고, 목 주위로 땀띠가 나기 일쑤였다.

하지만 어떤 일이건 반복은 요령이라는 기술을 선사한다. 몇 주가 지난 즈음에는 앞치마도 썩 잘 어울리고, 20인분의 밥도 고슬고슬 지을 수 있으며, 오가는 손님과 여유롭게 인사를 건네고 이름도 물을 수 있게 되었다. 일하지 않는 시간에는 다른 학생들처럼 주로 도서관에서 시간을 보냈고, 학생 회관의 동아리 방에 얼굴을 불쑥불쑥 내밀기도 했다. 교내를 걷고 있으면 학생을 대상으로 한 설문 조사에 참여하기도 했는데, 그럴 때면 마치 십여 년 전 대학생 시절로 돌아간 기분이 들어 괜히 아득해졌다.

그러던 어느 날 수의학을 전공하던 일본인 친구가 할로윈 파티에 나를 초대했다. 멜버른 대학교 학생을 위한 파티로 큰 펍을 빌려 밤새워 술을 마신다는 거였다. 나는 흔쾌히 초대에 응했지만 온전히 열린 마음은 아니었다. 나는 아무런 분장을 하지 않았고, 특별한 옷을 입지도 않았다. 이 밤의 주인공은 멜버른 대학교 학생들이지 일식당의 키친핸드가 아니라는 생각이 컸던 탓이었다.

펍의 구석에는 스파이더맨, 배트맨, 좀비 그리고 프랑켄슈타인이 고개를 주억거리며 맥주를 마시고 있었다. 으레 파티 분위기가 그렇듯 새로운 사람을 만나면 어디 출신이며, 무슨 공부를 하고, 또 어디에 사는지 탐색하기 마련이었다. 이후에는 친구가 될지 다른 부류를 찾아 다닐지 결정을 내렸다.

바 테이블에 가만히 잔을 놓고 어정쩡하게 서 있는 내 주변으로 많은 사람들이 오갔다. 어차피 스치는 인연인 마당에 굳이 '네가 밥을 먹는 그 식당에서 접시를 닦고 있다'고 일일이 말할 필요는 없을 것 같았다. 나는 만나는 사람들에게 조금씩 다르게 나를 소개했다.

어떤 이들은 강의실에서 나를 봤다고 우겨댔다. 나는 별다른 부정을 하지 않았다. 몇몇 친구들은 자신들의 학회나 스터디 모임에 나를 초대하기도 했다. 나는 무엇에 신이 나버렸는지 과장과 허풍을 늘어놓았다.

자정이 되어갈 무렵 베스트드레서 상을 뽑는 이벤트가 진행되었다. 일순간 펍의 조명이 팟, 하며 환하게 켜졌다. 나는 눈을 찡그리며 창문에 비친 나의 모습을 보았다. 술기운이 가득 올라 정신이 혼미해져 있었다. 더는 내 모습을 견딜 수 없었다. 그 자리를 서둘러 빠져나와 어두운 멜버른의 밤거리를 오래도록 걸었다.

그날 가장 소름끼치는 할로윈 분장은 바로 나 자신이라는 생각이
들었기 때문이었다.

디키는 잘 있나요?

어쩌면 모든 인간에게는 자신의 욕망을 현실에서 발현할 거짓말이 필
요하다. 안소니 밍겔라 감독이 리메이크한 〈리플리〉의 리플리야말로,
욕망이라는 거대한 관념의 실체이자 자본주의 사회가 만들어 놓은 비
켜나간 욕망의 이단아라고 할 수 있다.

피아노 조율사와 호텔 보이로 생계를 꾸려나가던 리플리(맷 데이
먼)는 어느 호화로운 파티에서 다른 사람 대신 피아노를 쳐주다 뉴욕
선박 부호인 그린리프를 만나게 된다. 프린스턴 대학의 재킷을 빌려
입은 탓에 눈에 띄게 된 것이다. 프린스턴 졸업생인 자신의 아들 디키
(주드 로)를 아느냐는 그린리프의 물음에 리플리는 입가에 미소만 머
금은 채로 잠깐 망설인다.

그 순간, 'Mischief(아이들의 장난, 나쁜 짓 등의 뜻이 있다)'라는 제목
의 스코어가 들려온다. 비브라폰의 단조롭지만 몽환적인 멜로디 뒤로
들리는 현악기의 절제된 불협화음, 미스터리한 곡의 전개가 영화의

정체성을 알려준다. 영화음악의 거장 가브리엘 야레*Gabriel Yared*의 숨결은 리플리의 표정 속에서 살아난다. 아파트 옥상에서 자그마한 돌멩이를 무심코 던진 아이처럼, 아직은 그 파장이 얼마나 크게 번질지 모르고선 그저 입가를 실룩거리고 있는 행색이다. 리플리는 대답한다.

"디키는 잘 있나요?"

그의 거짓말은 시작되었다.

재능 있는 리플리메리카노

톰 리플리가 마음에 든 그린리프는 자신의 회사로 리플리를 초대하며 이탈리아에서 자유분방하게 지내는 아들을 데려와 달라는 부탁을 하기에 이른다. 그에 따른 보상은 톰이 결코 벌어들일 수 없는 수준이다.

재즈광 디키의 마음을 사로잡기 위해서 재즈 공부를 시작한 톰은 쳇 베이커의 목소리를 듣고, 여자인지 남자인지도 구별하지 못하는 재즈 애송이다. 하지만 이 남자의 재능은 예상 외로 뛰어나다. 우연을 가장하여 재즈 앨범으로 디키의 시선을 사로잡은 뒤 이렇게 말한다.

"Bird! That's Jazz!(버드〔찰리 파커)!, 그가 곧 재즈지!)"

그는 한술 더 뜬다.

"버드는 신이야!"

샌님처럼 안경테를 들어 올리며 수줍게 말하는 톰 리플리는 이미 디키가 소유한 요트 이름이 버드라는 걸 알고 있었다.

디키는 자신의 색소폰 연주를 보여주기 위해 곧장 나폴리의 재즈 클럽으로 톰을 데리고 간다. 톰은 여전히 재즈에 대해선 문외한이다. 하지만 뉴욕에서 온 이 재능 있는 톰 리플리는 나폴리의 정서에 얼른 적응해 버린다.

신나는 스윙 재즈 속에서 들려오는 아메리카노! 주드 로와 맷 데이먼이 부른, 상류층의 디키와 그를 욕망하는 톰이 함께 부른 스윙 재즈 'Tu vuo' fa l'Americano'는 미국 문화에 빠져가는 이탈리아의 젊은이들을 풍자하는 가사가 인상적이다. 위스키, 소다, 로큰롤, 베이스볼 등등 쉽게 들을 수 있는 가사와 반복해서 진행되는 아메리카노 메리카노 리카노 리카노. 우리의 리플리는 처음 듣는 이 재즈 튠을 훌륭하게 소화해낸다. 그러면서도 디키의 눈치를 보며 흉내 내는 꼴은 우스꽝스럽다.

한바탕 신나는 스윙 재즈가 끝난 이후 디키는 흥에 겨워 톰의 볼에 키스를 선물한다. 이탈리아식 환영 인사는 톰의 마음속에서 변질되어 점차 다른 감정으로 발전한다. 톰은 디키의 약혼녀 마지(기네스 팰트로)와도 가까워지고 마침내 디키와 한집에서 지내게 된다. 불과 몇 주전까지 뉴욕의 호텔 보이였던 톰은 쳇 베이커를 제대로 알지도 못했다. 하지만 톰 리플리는 이제 디키의 색소폰 연주에 맞춰 쳇 베이커의 스탠더드 넘버원 'My funny Valentine'을 부르기까지 한다.

불행하게 생을 마감한 천재 뮤지션 쳇 베이커의 타락한 인생이 톰 리플리의 미래와 겹쳐보이는 건 왜일까. 쳇 베이커를 흉내 내는 톰의 가녀린 목소리는 연민을 불러일으킨다. 그가 읊조리는 사랑의 찬가는 누구도 아닌 자신을 향한 애처로운 고백으로 들린다. 톰 리플리의 미성과 불안한 눈동자, 수줍은 미소는 쳇 베이커를 연상시키기에 충분하다.

디키와 톰은 서로를 힐끗 쳐다보며 전에 없던 감정을 느낀다. 그것이 우정을 넘은 사랑인지, 속물적 근원의 욕망인지, 불안함에 대한 경계인지 서로가 모호한 채.

누구에게나 재능이 하나쯤은 있기 마련이야.
넌 뭘 잘하지?

디키가 톰에게 묻는다.

"누구에게나 재능이 하나쯤은 있기 마련이야. 넌 뭘 잘하지?"

톰은 서명을 위조하고, 거짓말을 하고, 남을 흉내 내는 게 재능이라고 말한다. 하지만 그의 재능은 단 하나 '디키-되기'다.

톰 리플리는 디키에게 완벽하게 빠져버리고 만다. 내일을 생각하지 않고 사는 상류층 자제들의 일탈 생활을 맛본 리플리는 점차 걷잡을 수 없는 욕망의 발현에 혼란스럽다. 톰은 디키처럼 안경을 벗어 던진 채, 그의 신발을 신고 모자를 쓰고 춤을 춘다. 그러자 재능 있는 리플리는 마치 자신이 디키가 될 수 있다는 착각에 빠진다.

그의 마음은 가브리엘 야레의 음악 앞에서 점차 가중된다. 리플리의 테마 스코어 'Ripley'는 구급차의 사이렌 소리처럼 단순하면서도 반복적으로 진행되는 코드를 사용해 광기에 사로잡힌 리플리의 심정을 재현해낸다.

뜨거운 지중해의 햇살을 품으며 젊음을 마음껏 낭비하는 디키는 제아무리 새로운 장난감이라 해도 흥미가 떨어지면 가차 없이 버리고야 마는 성미다. 친구들과 함께 탄 배 안에서 애인과 섹스를 하고, 환상적인 재즈 연주를 듣자 그간 열광했던 색소폰 대신 드럼을 쳐야겠다고 말해버린다. 갓난아이의 생존 욕구(need)는 올바르게 성장하지 못한 채로 그대로 멈추어 고작 요구(demand)의 수준으로 올라섰을 뿐이다.

하지만 톰이 디키를 보며 경험한 결핍의 정체는 욕망(desire) 그 자체다. 톰은 디키를 만난 이후 욕망에 잠식되어 병들어가고 있다. 디키의 즉흥적인 욕구와 톰의 잠재적인 욕망은 점차 파행으로 치닫는다.

바흐, 베토벤, 차이코프스키부터 찰리 파커, 마일스 데이비스, 디지 길 레스피까지 한 편의 영화음악이 이보다 풍성하기란 쉽지 않다. 하지만 두서없이 음악이 바뀔 때면 리플리의 정신처럼 혼란스럽기도 하다.

아무리 그런들 메리카노 메리카노만 외쳐도 재즈가 되는 이탈리 아의 해안가가 배경이라면, 무엇이 더 필요하겠는가. 이미 내 귀는 나 폴리, 나폴리거리며 스윙, 스윙하는 중일 텐데.

도시의
마지막 구원자

마틴 스콜세지_Martin Scorsese_**의**
〈택시 드라이버_Taxi driver_**〉(1976)를 들으며**

~~~~~~

택시의 헤드라이트는 길고 긴 오선 줄 위에

음표를 그려 넣고 있다.

'속 도 를 줄 이 시 오 .'

휘어진 도로 표지판이 막다른 길 저 끝을 가리킨다.

확실히 이 영화의 음악은 살아 있다.

살 아 서 방 황 한 다 .

언젠가 진짜 비가 내려 거리의
이 모든 쓰레기를 씻어갈 것이다

비틀거리는 사람들, 흔들리는 네온사인, 하수구에서 치솟는 수증기, 정돈되지 않은 거리를 천천히 지나가는 택시, 차창 너머로 밤의 밑바닥을 살피는 눈빛.

베트남전에 참전한 해병대 출신의 트래비스(로버트 드 니로)는 불면증에 시달려 야간 운행 택시기사에 지원한다. 어차피 잠들지 못할 테니 돈이라도 벌겠다는 심산이다. 어둠이 스민 1970년대 뉴욕 밤거리는 어느 곳도 안전할 수 없다. 어떤 치들은 택시의 창문을 깨부수고 위협하기도 하고, 점잖아 보이던 한 손님(마틴 스콜세지)은 외도를 저지르는 자신의 아내를 죽이겠다고 고백하기도 한다.

트래비스는 해가 떠오르면 돈을 수거하고 택시를 주차한다. 하지만 잠들기란 여간 쉽지 않다. 포르노극장에서 시간을 보내거나 이 도시의 인상을 글로 써 내려갈 뿐이다. 그는 병들어가는 도시의 문제들을 고뇌하는 고독한 방랑자이자 구원의 망상에 사로잡힌 외로운 성자다.

오손 웰스*Orson Welles*, 알프레드 히치콕*Alfred Hitchcock*, 프랑수아 트뤼포*Francois Truffaut*와 함께 작업한 음악감독 버나드 허먼*Bernard Herrmann*은 유작이 된 이 작품에 재즈 스코어를 도입함으로써 몽환적인 고독을 선사한다. 택시가 내달릴 때마다 들려오는 색소폰 소리는 뉴욕의 밤처럼 화면을 장악한다. 때때로 소리는 화면 밖으로 튀어나와 관객의 귀를 슬그머니 간질인다.

택시의 헤드라이트는 길고 긴 오선 줄 위에 음표를 그려 넣고 있다. '속도를 줄이시오.'

휘어진 도로 표지판이 막다른 길 저 끝을 가리킨다. 확실히 이 영화의 음악은 살아 있다. 살아서 방황한다.

He's a poet

트래비스는 마음에 드는 여자가 일하는 직장으로 찾아가서 말을 걸 정도로 대범하다. 대통령 후보의 사무실에서 일하는 베시(시빌 셰퍼드)는 트래비스의 당돌함에 데이트를 수락한다. 그녀는 크리스 크리스토퍼슨 노래 'The pilgrim, chapter 33'의 후렴을 축약해서 읊어준다.

그는 예언자이며 밀매꾼이죠,
일부는 진실이지만 대부분 거짓이에요,
걸어 다니는 모순이죠.

하지만 베시가 알려주지 않은 구절이 있다. 이 노래의 후렴구는 이렇게 시작한다.

'그는 시인입니다(*He's a poet*).'

우리의 문제적 주인공은 첫 데이트 장소를 평소에 들락거리던 포르노극장으로 택한다. 모멸감을 느낀 베시는 트래비스를 떠난다. 트래비스의 전화를 받지 않고 꽃도 되돌려 보낸다.

트래비스는 택시 드라이버의 삶에 회의를 느낀다. 도시는 그를 벌거숭이 상태로 내버려 둔다.

'난 신이 지정한 외톨이다.'

그는 비참한 고독에 빠진다.

그러던 중 트래비스는 오래전 자신의 택시로 뛰어든 12살 소녀를 다시 한 번 마주친다. 소녀는 길거리에서 매춘을 하고 있다. 그 모습을 본 트래비스에게 변화가 찾아온다. 구원의 손길을 내밀지 못했던 예전 그날과는 사뭇 다르다.

그는 네 정의 총을 구입하고, 체력 단련을 시작한다. 권총 사격장에서 연습을 하고, 대통령 후보의 경호원을 관찰하기도 한다. 도시를 청소하기로 마음먹은 것이다. 트래비스의 망상증은 점차 심각해진다.

그는 거울 속 자신에게 총을 겨눈다. 음정 없는 노랫말과 같은 그의 독백을 한번 들어보자.

'나에게 말 건 거야? 나한테 말한 거야? 나 말이야?
나 말고 누가 있어? 여기 나뿐이잖아.
씨발 누구한테 말하는 건데?'
그래? 좋아.'

한 사람의 독백이 이보다 더 고독할 수 있을까.

도시의 마지막 구원자

트래비스는 매춘으로 착취당하는 소녀 아이리스(조디 포스터)를 찾아낸다. 포주에게 돈을 지불한 후 둘만의 시간을 가지게 된 트래비스는 아이리스를 조직에서 빼내겠다고 설득한다. 하지만 아이리스는 조직이 자신을 보호하고 있다며 트래비스의 제안을 거절한다.

너저분한 도시에서 무엇도 할 수 없는 트래비스는 모히칸 스타일로 머리를 자른 이후 대통령 후보를 암살하려는 계획을 세운다. 그러나 이를 눈치 챈 경호원에게 쫓겨 허겁지겁 달아나버린다. 밤이 되자

그는 돌연 아이리스가 지내는 빌딩으로 차를 몬다. 그리곤 망설임 없이 포주의 배에 총알을 꽂아 넣는다. 트래비스는 일당을 소탕한 이후 스스로 총을 겨누며 자살을 기도하지만 총알은 이미 떨어지고 없다. 피가 낭자하는 살해 현장으로 경찰이 들이닥친다. 그는 자신의 손가락을 관자놀이에 겨누며 총을 쏘는 시늉을 한다. 피슈, 피슈, 피슈.

카메라는 그에게서 멀어져 천장을 부유한다. 빠르게 진동하는 드럼의 스네어, 여전히 떨고 있는 아이리스, 오르락내리락 글리산도를 연주하는 맑은 하프 소리, 죽어버린 일당, 정직하게 울리는 큰 북, 멀뚱히 총을 든 경찰관, 브라스의 협주, 모든 악기가 총동원된 사건의 현장. 카메라는 이제 택시처럼 낮은 시각으로 도시를 바라보지 않는다.

그는 생각했다. 언젠가 진짜 비가 내려 거리의 이 모든 쓰레기를 씻어갈 것이라고. 진짜 비가 내린다. 붉고 뜨거운 피가 그의 머리 위로 쏟아져 내린다. 그가 구원한 도시는 과연 어디인가. 뉴욕의 어두운 밤거리인가, 외로움에 병든 한 남자의 마음인가.

그 복잡한 지옥도 속에서 색소폰은 여전히 귓가를 헤맨다. 이 밤을 서성이는 고독한 헤드라이트 불빛처럼 낮고 낮은 음성으로.

나 좀
고쳐주세요

장 마크 발레*Jean-Marc Vallee***의**
〈데몰리션*Demolition***〉(2015)을 들으며**

～～～～～～～～～～～～～～～～～～～～～～～～～～

하지만 우리는 이미 알고 있다.
그것은 다시 합쳐질 수 없다는 걸,
예전처럼 돌아갈 수 없다는 걸.
아내의 죽음을 온전히 슬퍼하지 못한 채
자신의 모든 것을 해체하고자 하는
남자가 여기에 있다.

나 좀 고쳐주세요

어두운 화면 너머로 쇼팽의 '녹턴 Op. 9-2'가 흐른다. 쇼팽의 피아노 소곡에는 '보졸레 누보' 같은 향이 스며 있다. 은은하면서도 선명한, 아침을 기다리는 맑은 소리다. 이내 녹턴의 선율을 흥얼거리는 나지막한 허밍이 들려온다.

화면이 밝아지면 세계 금융의 중심지이자 미국 최대 도시 뉴욕의 도로 위, 맨해튼 브리지를 달리는 차 안이다. 보조석에 앉은 투자분석가 데이비스(제이크 질렌할)는 운전 중인 아내(헤더 린드)에게 통화를 위해 음악 소리를 줄여도 되냐고 묻는다. 그 순간 쇼팽의 야상곡은 엘리베이터 안 음악처럼 한낱 배경으로 전락한다.

아내는 '응'이라는 짧은 대답을 돌려준다. 대답 속에는 묘한 슬픔이 묻어난다. 아내는 통화를 마친 데이비스에게 냉장고를 보았느냐고 묻는다. 냉장고라니. 데이비스는 무슨 영문으로 아내가 냉장고에 대해 말하는지 알지 못한다.

벌써 2주째 물이 새는 냉장고를 고쳐달라는 말에 데이비스는 심드렁하게 웃으며 아내를 바라본다. 그러나 데이비스가 보게 된 건 운전석을 향해 돌진하는 차다. 보조석의 에어백이 터진 뒤 곧장 어두워진 화면으로 영화 제목이 떠오른다.

아내의 급작스러운 죽음을 맞이한 데이비스는 중환자실 복도에 설치된 자판기에서 '땅콩 M&M'을 구매하고 싶다. 동전을 넣지만 노란 봉지의 땅콩 초콜릿 과자는 자판기 기계에 걸려 나오지 않는다. 자판기를 두드려 보거나 간호사에게 물어보지만 소용없다. 데이비스는 자판기 회사 주소를 휴대전화로 찍어둔다. 자신이 직접 클레임을 걸 작정이다.

우선 그는 자판기가 제대로 작동하지 않았다는 내용을 편지로 쓴다. 더불어 어떤 상황에서 왜 자판기를 사용하게 되었는지 상세히 설명해내려 한다. 자판기를 사용하기 10분 전에 아내가 죽었다는 사실과 여태껏 살아온 삶의 감흥을 모두 쓴다. 마치 초 단위를 기록하는 시계처럼 더없이 정확하고 잔인하게.

모든 게 은유

아내가 죽은 이후의 생활은 이전과 같을 수 없다. 일상의 크고 작은 소리가 데이비스에게는 낯설게 다가오고, 예전에는 보지 못했던 것들이 보이기 시작한다.

화장실의 미세한 문소리가 거슬리게 들리고, 공항에서 사람들이 끌고 다니는 캐리어의 내용물이 궁금하다. 나뭇잎과 햇살의 무게, 공원의 다람쥐, 빗에 달라붙은 아내의 머리카락까지, 모든 게 생경하다. 쇼팽의 녹턴과도 같은 안락한 삶에서는 들을 수 없던 소리다. 모든 것들이 메타포다. 하지만 일상을 섬세하게 관찰하고, 시적 은유를 노트에 써내는 것만으로는 무언가 만족스럽지 않다. 데이비스는 장인어른의 말을 기억해낸다.

"고장 난 물건을 고치기 위해서는 부품을 뜯어내고 분해한 다음 무엇이 문제인지를 알아내야 한다네."

데이비스는 죽기 직전, 아내가 고쳐달라고 부탁했던 냉장고를 뜯어낸다. 그런데 바로 그 시각, 새벽 두 시, 데이비스를 찾는 전화벨 소리가 울린다. 자판기 회사의 고객 서비스부 카렌 모레노(나오미 왓츠)다. 그녀는 데이비스가 회사로 보낸 편지를 읽고 울었다고 고백한다. 데이비스의 편지에 응답한 그녀는 회사에 클레임을 넣는 방법 외에 자신이 도울 일이 없는지 묻는다.

　데이비스에게 연민을 느낀 카렌은 그의 출퇴근길을 알아내어 미행하기 시작한다. 데이비스는 열차에서 자신을 쳐다보는 카렌의 존재를 눈치 채고 곧장 그녀에게 다가가서 아내의 이야기를 들려준다. 무슨 이야기인지 모르는 척 무안한 표정을 짓는 그녀가 새벽에 전화를 건 자판기 회사의 고객 서비스부 담당자라는 걸 확신한 데이비스는 카렌의 집으로 찾아가기에 이른다.

데이비스의 증상은 점점 극단적으로 변해간다. 장인어른 댁 욕실의 고장 난 전등을 분해하고, 사무실의 삐걱거리던 화장실 문을 나사하나까지 분리하며, 컴퓨터를, 커피머신을 해체한다.

데이비스가 듣는 배경 음악 역시 바뀌어 나간다. 현란한 스패니쉬 통기타 연주는 두꺼운 이팩터가 들어간 전자기타로 변주되고 스네어 드럼이 춤추듯 뒤따르며……, 순간 정지. 데이비스는 카 오디오를 중지시킨다. 그는 아직 자신의 행보에 갈피를 잡지 못하고 있다. 어느 때고 불쑥불쑥 아내가 떠오르는 것이다.

데이비스는 자신에게 관심을 보인 자판기 회사의 카렌에게 마음을 기대기 시작한다. 데이비스와 카렌, 그리고 카렌의 아들 크리스는 서로가 살아내는 인생의 공허와 결핍을 조금씩 어루만지기 시작한다. 툭, 하고 건드리면 무너져버릴 것 같은 인물들이 그려내는 삶의 메타포와 그로 인해 삽입되는 기억의 조각들이 비단 낯설지만은 않다. 어쩌면 우리 모두가 층층이 쌓아올린 기억의 탑 위에서 위태롭게 살아가고 있기 때문인지도.

기억을 망각하며, 망각하지 않으려 애쓰며.

슬픔의 해체 과정

카렌은 데이비스를 위해 자신만의 장소를 보여준다. 1961년 파리에서 온 회전목마는 철거를 앞두고 있다. 그때 마침 프랑스의 샹송 가수 샤를 아즈나부르*Charles Aznavour*의 '라 보엠*La Bohème*'이 흐른다. 아내와 함께했던 기억이 순식간에 현실로 밀려온다. 이제 바다에서도 아내가 보인다. 욕실에서도 마찬가지다. 아내의 환영은 데이비스에게서 영영 떠나지 않을 모양이다.

데이비스가 듣는 음악은 카렌의 아들 크리스에 의해 점차 확고한 색깔을 가진다. 그는 록 스피릿을 주체할 수 없다. 영국의 록밴드 Free의 리드미컬한 전주가 그를 지배한다. 여유로운 드럼 박자에 톤이 높은 기타가 끼어들고 베이스가 중심을 잡는다. 황홀한 리듬이 데이비스의 몸을 어루만진다. 데이비스는 로커처럼 샤우팅한다.

그러니 미스터 빅, 조심하는 게 좋을 텐데.

_ 'Mr. big' 중에서

크리스에게 음악 파일을 받은 데이비스는 헤드폰의 볼륨을 끝간 데 없이 높인다. 지하철, 도로의 공사장, 계단의 난간, 가로등 위, 그의 발길이 닿지 못할 곳은 없다. 데이비스는 미스터 빅을 향해 경고하는 노랫말 속 화자처럼 당당하면서도 대책 없이 도시를 누빈다.

데이비스는 이제 아내와 함께 지내왔던 집마저 해체하기로 결심한다. 자신의 결혼생활을 분해하려 한다. 성 정체성에 혼란을 겪는 꼬마 악동 크리스와 함께 해머를 내리꽂으며, 모든 것을 부숴버린다. 그에게 남은 마지막 기억들이 쏟아져 내린다. 아내의 눈, 아내의 숨결, 아내와의 입맞춤, 아내의 머리카락, 그가 몰랐던 아내의 비밀, 그 비극적인 진실의 발견.

딸을 위한 자선단체를 설립하겠다는 장인의 의지와 달리 데이비스는 그만의 방식으로 아내를 기억하길 원한다. 그러한 과정, 자신과 아내의 관계를 정확하게 바라보려는 해체의 방식이 그에게는 필요했던 것이다. 모조리 해체하고, 부숴놨으니, 이제는 합칠 차례다. 하지만 우리는 이미 알고 있다. 그것은 다시 합쳐질 수 없다는 걸, 예전처럼 돌아갈 수 없다는 걸.

아내의 죽음을 온전히 슬퍼하지 못한 채 자신의 모든 것을 해체하고자 하는 남자가 여기에 있다. 냉장고를 고쳐달라는 아내의 말에 응답하지 못했던 한 남자의 슬픔이, 모든 게 메타포인 슬픔의 덩어리가 바로 여기에.

우울한 사랑과
실패할 열정

김일두의 '문제없어요'와
페드로 알모도바르*Perdo Almodovar*의
〈그녀에게*Hable Con Ella*〉(2002)를 들으며

~~~~~~~~~~~~~~~~~~~~~~~~~~~~~~~~~~~~

그 어둡고 칙칙한 공간에서
당신의 수수함은 횃불 같아요.
눈 오는 이 밤,
세상의 엄마들 다음으로
아름다운 당신과
사랑의 맞담배를 피워요.
당신이 이혼녀라 할지라도 난 좋아요.
가진 게 에이즈뿐이라도 문제없어요.
그게 나의 마음.

김일두, '문제없어요'

문제없어요

읊조리듯 덤덤하게 노래하는 김일두의 1집 〈곱고 맑은 영혼〉에는 '문제없어요'라는 곡이 수록되어 있다. 사랑을 향한 한 남자의 마음을 이야기하는 이 노래에서 유독 귓가에 맴도는 가사가 있다. '가진 게 에이즈뿐이라도 문제없어요'가 바로 그 대목이다.

2절로 넘어가면 고백은 다소 심각해진다. 음악이 전부인 듯 보이는 화자는 15번 버스를 타고 특수용접 학원에 다닐 것이며, 담배뿐 아니라 로큰롤도 끊겠다고 선언해 버린다. 전제는 단 하나, 그대가 날 사랑해 준다면. 극단적으로 사랑을 갈구하는 이 노래의 화자는 문제없다고 말한다.

에이즈, 담배, 로큰롤을 사랑과 바꾸겠다니, 이건 일종의 저항이다. 삶의 경계를 생과 죽음으로 나누지 않고, '사랑과 죽음'으로 가르겠다는 선포다. 사랑이 없다면 곧 죽음이라는, 단순하지만 강력한 의지이자 선택이다. 그렇기에 통기타의 무심한 아르페지오와 투박하지만 진솔한 목소리는 한 남자의 숭고한 열정이 된다.

하지만 이 사랑에의 열정은 실패했을 때 비로소 작동하는 비극을 가지고 태어났다. 애초에 그녀가 노래 속 화자와 사랑했다면, 에이즈건 담배건 로큰롤이건 들먹일 필요가 없어진다. 어쩌면, 이 노래는 없어진다. 김일두는 없어진다. 사랑은 한 사람의 존재 양식이 될 수 있다. 하지만 김일두에게는 완성되지 않은 사랑의 지점, 그 우울한 사랑의 열정이 그를 노래하게 한다.

두 남자와 두 여자

독일의 표현주의 안무가 피나 바우쉬*Pina Bausch*의 〈카페 뮐러〉가 공연되고 있는 한 극장, 베니뇨(하비에 카마라)와 마르코(다리오 그란디네티)가 옆자리에 앉아 있다. 나무 탁자와 의자로 가득 찬 무대에 'O Let me weep(오, 울게 내버려 두세요)'가 흐른다.

두 여자 무용수는 눈을 감은 채 유령처럼 무대를 헤집고 다닌다. 한 남자는 그들이 의자에 부딪히지 않도록 순간순간 옮겨놓길 반복한다. 즉흥적이지만 섬세하고 맹목적이지만 애절한 몸의 표현에 마르코는 눈물을 흘린다.

'O Let me weep'은 바로크 시대 작곡가인 헨리 퍼셀*H. Purcell*이 1692년에 초연한 오페라 〈요정 여왕〉의 아리아다. 소프라노 가창은 몸 - 혹은 무대 - 에 갇힌 영혼의 울음소리로 들린다.

베니뇨와 마르코는 서로에 대해 잘 알지 못한다. 같은 공연을 보고 있다는 사실만이 유일한 공통점이다. 하지만 마르코가 눈물을 흘리는 순간, 그 눈물을 베니뇨에게 들켜버린 순간, 둘 사이에는 묘한 유대가 생긴다. 물론 그들은 아직 서로에게 일어날 비극을 모르고 있다.

베니뇨는 15년간 어머니를 병간호해온 청년이다. 그의 짝사랑은 무용 연습실 학생 알리샤(레오노르 와틀링)다. 어머니가 돌아가신 후 그는 줄곧 그녀를 훔쳐보다 용기를 내어 접근하기 시작한다. 알리샤는 그에게 미지의 세계다. 하지만 비가 내리던 날, 알리샤는 교통사고로 식물인간이 되어버리고, 공교롭게도 베니뇨는 그녀의 전담 간호사로 고용된다.

한편 저널리스트 마르코는 여자 투우사 리디아(로자리오 플로레스)에게 관심을 가지게 되어 인터뷰를 요청한다. 리디아 역시 마르코의 순수한 모습에 빠져 둘은 연인으로 발전한다. 어느 날, 리디아는 투우 경기 이후에 마르코에게 할 말이 있다는 것을 암시한 뒤 경기에 출전한다. 하지만 그녀는 경기 도중 사고를 당해 의식을 잃어버리고, 결국 그녀가 하고자 한 말은 마르코에게 닿지 못한다.

사랑의 온도

오프닝을 연 피나 바우쉬처럼 카에타노 벨로조Caetano Veloso가 직접 'Cucurrucucu paloma'를 부르며 마르코의 마음을 보사노바 음악으로 표현한다. 브라질의 국민가수가 절제된 슬픔을 속삭이자 작은 공연장 구석에 서 있던 마르코의 눈에서 눈물이 흐른다.

구구구구, 비둘기에게 내어놓는 슬픔의 애가는 현을 가로지르는 첼로에 의해 한 번 더 심장을 파고든다. 이 장면이 마르코의 과거 기억인지, 환상인지 명확히 알 수가 없다. 어쩌면 과거와 환상은 같은 말이다. 다만 비둘기의 울음과도 같은 멜로디만이 현재의 슬픔을 각인해 나갈 뿐이다.

같은 병동으로 오게 된 알리샤와 리디아는 깨어나지 못한 채 의식불명 상태로 지낸다. 베니뇨와 마르코는 각자 사랑하는 사람을 간호하며 서로를 알아간다. 그러던 그들의 의식에 점차 변화가 나타난다.

리디아의 옛 연인은 마르코를 찾아와 한 달 전부터 다시 리디아를 만나기 시작했다고 전한다. 그러한 상황이 투우 경기장 사고로 이어진 것인지, 그저 운이 없었던 것인지 마르코는 알 수 없다. 식물인간은 이미 죽은 상태라고 판단한 마르코는 결국 리디아를 떠나버린다.

반면 4년이 넘게 지극정성으로 알리샤를 보살핀 베니뇨의 선택은 극단으로 치닫는다. 베니뇨와 알리샤의 관계는 짧은 무성영화인 〈애인이 줄었어요〉를 통해 그려진다.

어느 과학자의 연인인 남자는 임상실험을 위해 검증되지 않은 다이어트 약을 마신다. 그 결과 그의 몸은 점점 줄어들게 되고, 나중에는 엄지손가락만큼 작아진다. 더는 일반적인 사랑을 할 수 없게 되었다는 걸 깨달은 그는 결국 그녀의 질 속으로 들어가 버린다.

이 무성영화는 베니뇨의 결심에 대한 환유이며, 복선이다. 엘리사를 강간한 죄목으로 감옥에 갇힌 베니뇨는 이제 살아갈 이유를 찾을수 없다. 오로지 탈출만이 자신이 할 수 있는 유일한 길이라 믿는다. 육체에서의 비극적인 탈출 방법으로 그녀에게 닿고자 한다.

사랑에 대해 이야기하는 세 남자(베니뇨와 마르코, 그리고 '문제없어요'의 화자)의 열정은 각자의 방식으로 끓는점을 통과하다 어는점으로 추락한다. 결코 미지근해질 수 없는 마음의 온도는 정상이라는 상식을조금씩 비켜나 있다.

이 같은 미묘한 차이가 묘한 울림을 자아낼 때가 있다. 그 다름의울림을 직시하는 작업을 '예술'이라 불러도 되지 않을까.

비둘기가 날아와 구구대는 울음이 유달리 슬프게 들려온다. 이 영화를 다시 듣는 순간, 나는 벌써 우울한 사랑과 실패할 열정을 그리워하고 있다.

길 위의
젤소미나

페데리코 펠리니_Federico Fellini_의
〈길_La Strada_〉(1957)을 들으며

~~~~~~

나는 지나온 길을 돌아보며
내가 버리고 온 건지도 모르는
길 위의 젤소미나를 떠올린다.
하지만 그곳에는 아무도 없다.
오직 시작이자 끝인
길만이 펼쳐져 있을 뿐이다.

길의 발견

하루의 무게가 버거워질 때면 호주의 농장 길을 종일 걸었던 서른 즈음의 나를 떠올린다. 세상으로부터 도망가고 싶었고, 사라지고 싶었던 나는 이른 아침에 숙소를 떠나 해가 저물고서야 지친 발을 이끌고 되돌아왔다.

발은 퉁퉁 부었고, 별은 쏟아질 듯 다가와 있었다. 달라진 건 없었다. 나는 늦은 저녁을 먹은 이후 곧장 잠이 들었다. 다음 날도, 그다음 날도 마찬가지였다.

길이 넓건 좁건 길건 짧건 중요하지 않았다. 길 끝에 기다리는 사람이 없다고 해도, 안락한 쉼터가 나오지 않는다고 해도, 차가운 바다가 펼쳐져 있다 해도, 벽에 막혀 되돌아 나와야만 할지라도 상관없었다. 주머니에 두 손을 푹 찔러 넣고 느릿느릿 걸으면 그 길에 스며드는 기분이 들었다.

목적지가 없었기에 언제든 멈추고 되돌아올 수 있었다. 길의 시작과 끝은 내가 정하기에 달려 있었다. 모든 길이 시작일 수도, 혹은 끝일 수도 있었다.

젤소미나의 테마

〈La Strada〉라는 하얀 글자 너머로 마치 전체 서사를 압축한 듯한 'Tema della strada'의 선율이 흘러나온다. 니노 로타*Nino Rota*의 풍성한 음악은 희로애락을 품은 듯 짧은 전조로 순간순간 표정을 달리한다. 영화는 바닷가를 걷는 한 여자의 모습으로 시작된다. 아이들이 멀리서 뛰어오며 '젤소미나'라고 이름을 부르지만 우리는 아직 그녀의 뒷모습을 보고 있을 뿐이다. 이 여인의 운명을 보여주듯 황량하고 거친 바다가 눈앞에 펼쳐져 있다.

순박한 젤소미나는 가난한 집안 환경에 짐이 되지 않기 위해 차력사 잠파노를 따라나선다. 악기를 배워 돈을 벌고 싶지만, 잠파노는 젤소미나에게 허드렛일을 시킬 뿐이다. 길 위의 젤소미나는 경험해보지 못한 세상살이에 힘겹게 적응해간다.

거친 성미의 잠파노는 젤소미나를 폭행하는가 하면 보란 듯이 다른 여자와 하룻밤을 보내기도 하지만, 젤소미나는 그의 곁을 떠나지 못한다. 행사가 궁해지자 잠파노는 서커스단에 합류하게 되는데, 그곳에서 옛 동료이자 앙숙인 마또를 만난다. 이 영화의 상징적인 테마곡 '젤소미나*Gelsomina*'는 서커스단의 마또에 의해 처음 연주된다. 젤소미나는 바이올린을 연습하는 마또를 훔쳐보며 이 곡을 기억해둔다.

  서커스 행사가 무르익어가는 중에 잠파노는 사사건건 시비를 거는 마또에게 폭력을 휘둘러 경찰에게 잡혀간다. 서커스 단원들은 혼자가 된 젤소미나를 가엾게 여겨 가족으로 받아들이려고 하지만, 그녀는 잠파노를 버리지 않는다. 마또는 순수한 젤소미나에게 '모든 돌멩이에는 저마다의 존재 가치가 있다'는 말을 선물하고 떠난다.

  경찰서에서 나온 잠파노는 자신을 기다린 젤소미나와 함께 새로운 관객을 찾아 나선다. 잠파노와 젤소미나는 장터에서 만난 수녀님을 수녀원까지 태워준 인연으로 하룻밤 신세를 지게 되는데 이에 대한 보답으로 젤소미나는 자랑스레 나팔 연주를 들려준다. 이 영화에서 가장 아름다운 장면이라고 할 수 있는 젤소미나의 나팔 연주는 늘 경직되어 있는 잠파노의 어깨를 누그러뜨릴뿐더러 수녀님마저 놀라게 만든다.

  그러나 젤소미나의 연주는 오래 이어지지 않는다. 한적한 언덕길 위에서 마또를 다시 만난 잠파노는 실수로 그를 살해하는 지경에 이르고, 이를 목격한 젤소미나는 정신이 이상해지고 만다. 잠파노는 어느 추운 겨울날, 잠시 쉬어가던 길 위에서 젤소미나를 재워둔 채 홀로 도망친다.

  죄책감과 상실감으로 폐인이 된 잠파노는 해변을 거닐던 중에 어떤 여인의 입을 통해 익숙한 멜로디의 노랫소리를 듣게 된다. 이불을 널고 있던 여인은 정신이 이상한 한 여자가 온종일 나팔로 이 곡을 연주했다고 알려준다. 잠파노는 그 여자가 어디로 갔는지 묻고 여인은 그 여자는 오래전에 죽었다고 말한다. 잠파노는 거친 바다 앞에 쓰러져 회한의 눈물을 흘린다. 카메라는 점점 멀어지며 그를 혼자 남겨둔다. '젤소미나'의 테마가 다시금 휘몰아치며 영화는 끝이 난다.

'젤소미나의 테마'는 젤소미나의 해맑은 미소와 잠파노의 고독한 절규를 동시에 그려내고 있다. 흑백의 화면에 입체를 만드는 건 대책 없는 잠파노의 성미와 젤소미나의 큰 두 눈, 그리고 길고 긴 길처럼 이어지는 음악이다. 젤소미나는 나팔을 들고 자신만의 걸음을 가지게 된 아이처럼 아름다운 연주를 선보인다. 귀엽고 당찬 거리의 악사는 이제 세상으로 나아갈 준비가 되어 있다. 하지만 젤소미나의 나팔은 잠파노라는 폭력에 영혼을 잃는다.

내가 두고 온 길

영화 〈길〉은 바다를 향해 걸어가는 젤소미나에서 시작해, 바다에서 걸어 나오는 잠파노로 끝이 난다. 바다는 등을 어디로 내보이느냐에 따라서 시작이 될 수도, 끝이 될 수도 있다. 길 또한 마찬가지다.

　　문득 내가 두고 온 길들이 떠오른다. 집 밖은 모두 길이었다. 학교로 가는 길, 슈퍼로 가는 길, 버스 정류장으로 가는 길…… 쌀집 옆으로 난 골목길을 지나면 짝꿍이 사는 집이 나왔고, 분식집 옆 골목으로 들어가면 이름만 불러도 당장 달려 나오는 친구네 집이 있었다. 내가 유년기를 거쳐온 길이란 나의 전부와 다름없었다.

그러나 내가 커갈수록 그 길은 점점 줄어들기 시작했다. 이제 나는 현관문을 열고 엘리베이터를 타고 승용차를 이용해 목적지에 도착하는 길 없는 사람이 되어버렸다. 어린 시절의 그 '길'도 흐릿해져 가고 있다. 모든 것이 점점 희미해져 갈 것이다.

그러다 선득선득, 그 길 위에서 들었던 오래된 소리가 나를 찾아오는 순간이 있다. 나는 잠시 눈을 감고 대문 밖의 길을 떠올린다. 아침을 알리는 재첩국 아주머니의 우렁찬 목소리, 출근을 서두르는 자전거 페달 소리, 신문 배달부의 오토바이 소리, 낙엽을 쓸고 있는 옆집 아저씨의 비질 소리, 삐거덕거리는 나무 대문, 개가 짖는 소리, 새가 우는 소리, 바람, 빗방울, 길 위의 모든 소리.

나는 지나온 길을 돌아보며 내가 버리고 온 건지도 모르는 길 위의 젤소미나를 떠올린다. 하지만 그곳에는 아무도 없다. 오직 시작이자 끝인 길만이 펼쳐져 있을 뿐이다.

그리고 세상은
이토록 고독하다

왕가위*Wong Karwai*의
〈아비정전阿飛正傳, *Days of Being Wild*〉(1990)을 들으며

다리 없는 새가 살았다.

이 새는 나는 것 외에는 알지 못했다.

새는 날다가 지치면 바람에 몸을 맡기고 잠이 들었다.

이 새가 땅에 몸이 닿는 날은 생애 단 하루

그 새가 죽는 날이다.

발 없는 새

발걸음 소리만으로 그 사람이라는 걸 알아차리는 게 가능할까. 하긴, 아비(장국영)라면 어렵지 않을 것이다.

허무가 짙은 눈동자와 텅 빈 몸짓을 통과한 그의 발걸음은 유일한 소리를 내고 있으니까. 어머니의 애인에게 휘두르는 망치, 여자 친구의 치마 속으로 장난스럽게 넣는 손, 침대에 가만히 누워 내뱉는 담배 연기, 거울 앞에서 빗어 넘기는 머리카락, 절제된 듯 흐느적거리는 맘보 춤. 아비의 발걸음 소리는 그의 지문처럼 유일하다. 아니다, 그런 소리는 애초에 가능할 리 없다. 발 없는 새에게는 더더욱.

울창한 야자수 숲을 비추는 화면 위로 타이틀 〈아비정전〉이 떠오르고, 로스 인디오스 타바하라스Los Indios Tabajaras의 기타 2중주 'Always in my heart'가 흐른다. 대부분의 촬영이 어두운 방이나 카페 등 실내에서만 이루어진 이 영화에서 야자수 숲은 다소 맥락 없는 풍경으로 보인다. 오프닝의 정체를 알아차리기 위해서는 아비를 깊게 들여다볼 필요가 있다.

그는 자신이 원하는 여자는 소유하고야 마는 성질의 사내다. 1960년 4월 16일 3시 1분 전, 60초의 시간을 함께했다는 이유로 평생 자신을 잊지 못할 거라는 이 배짱 좋은 사내의 말을 수리진(장만옥)은 납득

할 수 없다. 하지만 수리진은 점점 그에게 정신과 몸이 사로잡혀 버린다. 반면 그녀가 그를 가지려 들자 아비는 가차 없이 내쳐버린다. 당돌하게 유혹하던 그의 목소리마저도 색을 잃은 듯 차갑게 식어 있다.

사랑의 결핍으로 몸서리치던 사내는 원하던 여자가 마침내 마음을 받아들이자 도리어 강하게 거부한다. 비참한 순간을 처절하게 즐기려는 것 같기도 하다. 도대체 아비의 문제는 무엇인가.

길 잃은 새

아비의 양어머니는 한때 잘 나갔던 마담으로 여전히 끝없는 사랑을 갈구하고 있다. 젊은 제비들이 돈을 목적으로 접근한다는 걸 알고 있지만 외로움에 그 손길을 끊을 수가 없다. 그녀는 아비를 입양했다는 사실을 고백하면서도 친어머니에 대한 정보는 주지 않는다. 아비가 떠나는 게 두렵기 때문이다. 결국 친어머니가 사는 집 주소를 구해낸 아비는 돌연 필리핀으로 떠난다. 하지만 친어머니는 아비를 만나주지 않는다.

친어머니의 집을 뒤돌아서며 정글과도 같은 야자수 숲으로 들어가는 그의 걸음은 순식간에 카메라 효과에 의해 느려진다. 오프닝에 삽입된 'Always in my heart'가 다시 흘러나오며, 흐르던 시간이 일그러진다. 다부진 걸음을 내딛는 그의 뒷모습과 주먹을 꽉 쥔 손에서 표정이 엿보인다. 단 한 번이라도 어머니의 얼굴을 보기 위해 모든 걸 포기했던 아비의 행보는 길을 잃어버린다.

화살표의 운명

그런데 이제는 다른 이들에게서도 아비의 그림자가 보이는 것만 같다. 아비에게 헤어나올 수 없어 필리핀으로 찾아가는 루루(유가령), 아비의 차를 팔아 루루에게 경비를 대준 아비의 친구(장학우), 수리진을 짝사랑하는 경관(유덕화), 이후 선원이 된 경관에게 추파를 던지는 여관의 여인, 아비를 잃는 게 두려운 양어머니, 아비의 뒷모습을 몰래 바라보는 친어머니, 경관의 응답을 기대하며 매일 밤 전화를 거는 수리진까지.

엇갈린 마음의 화살표는 결국 제자리를 찾지 못하고 허공을 떠다닌다. 시작은 아비였으나, 이제는 모두 방향을 잃어버렸다. 한 방향을 가리키는 화살표의 운명을 거부하듯, 모두가.

필리핀의 기차 안에서 우리는 오프닝 시퀀스를 다시 떠올릴 수 있다. 우리가 보았던 울창한 야자수 숲의 정체가 그제야 드러난다. 이건 분명히 아비의 현재 시선이다. 그렇다면 아비가 바라본 마지막 풍경은 왜 오프닝에 등장한 걸까. 시간은 어떻게 절단되고 편집되었기에 아비의 마지막이 최초의 풍경으로 제시되었을까.

이미 모든 사건이 종결된 시점에서 시작되고 있는 이 영화는 시간을 앞으로 되돌리고자 하는 아비의 노력으로 과거를 되살피고 있는 게 아닐까.

최후에서야 떠올리는 그리움의 감정으로 영화는 처음부터 다시 시작한다. 발자국, 라이터, 병뚜껑, 동전, 선풍기의 덜덜거리는 팬……. 과장되어 들려오는 주관적인 소리들은 아비에 의해 재생된 기억의 울림, 혹은 고독의 몽상이다.

그렇다면 아비를 잃은 우리는 이제 어떻게 하면 좋은가. 그의 기억을 함께 되살폈으니, 그를 놓아줄 시간이 된 건가. 아니다. 아직은 아니라고, 나는 말하고 싶다. 영화 속의 아비와 영화 밖의 장국영, 누구도 아직은 놓아줄 마음이 없다.

순간을 영원으로, 영원을 순간으로

2003년 4월 1일 세상을 떠난 장국영이 마지막으로 투숙한 만다린 오리엔탈 호텔 앞 길가는 홍콩에서도 가장 화려한 빌딩 숲의 중심이었다. 장국영의 허탈한 죽음이 나를 여기까지 이끌었음을 부정할 수는 없지만, 무엇도 믿고 싶지 않았다. 그의 존재도, 그의 죽음도, 그와 관련한 어떠한 소문도 모두 누군가 지어낸 이야기인 것만 같았다. 발 없는 새가 추락한 장소가 차들이 오고 가는 시내의 넓은 도로 위라니. 먹먹한 기분이 드는 건 어쩔 수 없었다.

한동안 우울한 기분만을 간직하고 있기에 이 도시는 너무 화려하고 번잡했다. 오히려 시니컬한 농담이라도 던져 분위기를 전환해야 할 것만 같았다. 홍콩섬의 화려한 불빛은 한 인간의 삶에 대해서 애도를 전할 마음이 전혀 없어 보였다.

우울하거나 시니컬하거나, 어쨌거나 각자의 노선을 정해야만 한다. 나는 호텔의 앞과 뒤를 살피며 한 영혼에게 물어볼 말을 정리했다.

'스텝이 엉키면, 그게 바로 탱고라고 누군가-〈여인의 향기〉에서 알 파치노가 그랬다-말했는데, 아비는 진짜 춤을 춘 것은 아니군요.'

뭐 이런 말을 하면 좋을까. 멋쩍은 마음에 근처 술집으로 들어가 맥주를 마셨다. 홍콩에 올 때부터 생각나는 노래가 있었다. 타바하라스 부자父子도 'Maria Elena'를 연주했지만, 귓가에 맴도는 음색은 역시 자비에 쿠거Xavier Cugat다. 보컬이나 멜로디가 없어도 누구나 입말이나 허밍으로 따라 부를 수 있다.

빰밤밤밤바 바바바바바바, 비바바바, 밤밤바바바바바바

하얀 팬티와 민소매만 걸친 채로 추는 맘보 댄스는 장국영을 유일한 사람으로 만들어 놓는다. 사실 이 곡은 '차차차'라고 할 수 있지만 아비가 맘보 댄스를 춘 순간부터 맘보로 알려졌다. 로렌조 바르셀라타*Lorenzo Barcelata*가 1932년에 작곡한 이 곡은 냇 킹 콜, 타바하라스 등에 의해 리메이크되었지만 이제 나는 자비에 쿠거의 리듬에 맞춰 몸을 흔드는 아비를 기억할 뿐이다.

홍콩의 빌딩 숲 사이의 좁은 길은 짙은 어둠이 자리를 펴고 누워 있다. 지나가려면 두둑한 통행료를 내야만 할 것 같다. 홍콩섬을 이리저리 걸으며 이 도시에서 살아간 장국영과 아비를 떠올린다. 한 사람의 인생이 다른 사람에게 준 영향에 대해서 생각한다. 그로 인해 이국의 도시에서 그를 기리며, 홍콩으로 찾아온 것에 대한 인사로서, 그의 마지막 발이 닿은 그 거리에서 조용히 눈을 감으며 아비의 목소리를 떠올린다.

이 영화에는 아비의 목소리가 담겼다. 그렇다. 아비의 목소리가 바로 이 영화의 오리지널 사운드다.

"세상에 발 없는 새가 있다더군.
늘 날아다니다 지치면 바람 속에서 쉰대.
평생 땅에 딱 한 번 내려앉는데 그건 바로 죽을 때야."

아비는 비록 사라져 없지만, 아비의 예언처럼 1960년 4월 16일 3시를 시점으로, 봉인된 시간 속에서 마음의 한구석을 타인이 채워줄 거라 믿던 사람들의 이야기가 남아 있다.

초침은 끝없이 흐르나, 어디선가 머나먼 꿈을 꾸는 것처럼 빛과 그림자가 서로의 영역을 침투하고, 절반의 침묵과 절반의 독백이 흐려진다. 그리고 세상은 이토록 고독하다.

노크로
남은 순간

토머스 얀*Thomas Jahn*의
〈노킹 온 헤븐스 도어*Knockin' On Heaven's Door*〉(1997)를 들으며

~~~~~~

그곳에는 담배와 데킬라, 바람과 파도,
사랑과 우정, 음악과 시와 영화가 있을까.
다만 노크는
노크로 남았으면 한다.
이 영화가 끝날 때까지,
이 음악이 끝날 때까지는.

버킷리스트

어느 날에는 문득, 모든 것이 허무하다. 집 앞 벤치에서 찬 공기를 들이마셔도 기분은 나아지지 않는다. 술을 마시거나 정처 없이 걸어도 마찬가지다. 우울은 한동안 이어진다. 그러다 나는 언제 또 그랬냐는 듯 바쁜 하루에 녹아들고 만다. 저녁에 무엇을 먹을지, 주말에 누구를 만날지, 어떤 책을 읽고, 어느 동네를 거닐지 고민한다. 그보다 중요한 일은 아무것도 없다는 듯. 나는 다시 일상을 되찾는다. 내 안을 다녀간 정체는 무엇일까. 나를 뒤흔드는 존재, 그건, 죽음이 분명하다.

죽음의 그림자는 어느 때고 찾아와 방문을 슬며시 두드린다. 나는 허둥지둥 달려가 손잡이를 붙잡고, 잠금장치를 건다. 언젠가는 나도 그─혹은 그녀, 어쩌면 그들, 설마 그것?─와 마주해야겠지만 아직은 내가 끝끝내 죽는 존재라는 사실을 믿지 못하겠다. 죽음 이후에는 지금의 사고와 감각, 의식이나 느낌이 남아 있지 않을 것이다. 죽은 나에게는 이 순간조차도 아무런 소용이 없겠지.

　그렇다고 해서 넋 놓고 죽음을 기다린다는 건 영 심심하고, 재미없는 짓이다. 어쩌면 주어진 하루치의 삶이 다가올 죽음을 하루만큼이나 슬며시 밀어내고 있는 건지도 모른다. 그러니 열심히 살자, 뭐 이런 말을 하고 싶은 건 아니지만, 어쨌거나 열심히 살지 않을 이유도 없다.

만약에 내가 죽는 날짜를, 죽음의 순간을 알게 된다면 어떨까. 모르는 쪽이 훨씬 낫다며 후회할 게 뻔하겠지만 이런 상상은 일상에 자극을 준다. 우리가 버킷리스트를 마련하는 이유도 마찬가지다.

노킹 온 헤븐스 도어

우연히 같은 열차 칸에 탑승한 마틴(틸 슈바이거)과 루디(잔 조세프 리퍼스)는 공교롭게도 같은 병원에서 검진을 받는다. 마틴의 뇌 속에는 종양이, 루디의 몸에는 골수 암세포가 자라고 있다. 그들은 죽음이 머지않았다는 결과를 듣는다. 옷차림이나 성격이 정반대인 다른 마틴과 루디는 병실 안 서랍장에서 데킬라를 발견하고, 곧장 레몬과 소금을 곁들이며 목을 축인다.

죽음을 기다리기에는 병실이 감옥 같기만 하다. 마틴은 루디가 한 번도 본 적이 없다고 말한 바다를 찾아가자고 제안한다. 술에 취한 채 무작정 클래식 자동차를 훔친 그들의 돌발적인 기행은 왠지 모르게 밉지 않다.

한편 이들이 훔친 자동차 안에는 조직 보스에게 전달되어야 할 거금이 들어 있다. 이제 조직원은 마틴과 루디를 쫓기 시작하고, 경찰 역시 마찬가지다. 그런데 이 조직원과 경찰은 어딘지 모르게 어리숙하다 못해 순수한 면모까지 갖추고 있다. 마틴과 루디와 연관된 모든 이들이 미숙한 아이처럼 보인다. 총알이 빗발치는 총격전 속에서 누구도 다치지 않고, 피를 흘리지 않는다. 머리끝까지 화가 난 조직의 보스 역시 마틴과 루디 앞에서는 천하태평일뿐더러 삶에 대한 조언을 아끼지 않는다. 크고 작은 소동 속 인물들은 두 사내를 바다로 이끄는 조력자처럼 보인다.

마침내 마틴과 루디는 바다에 도착한다. 황폐한 모래사장과 거친 바다가 눈앞에 펼쳐진다. 그때 마침 이 노래가 들려온다. 천국의 문에 노크를……

Knock knock knockin' on heaven's door.
Knock knock knockin' on heaven's door.
Knock knock knockin' on heaven's door.
Knock knock knockin' on heaven's door.

결국 마틴은 바다 앞에서 쓰러지고 만다. 악성 뇌종양으로 발작을 일으킬 때마다 마틴을 구해냈던 루디는 이제 손을 내밀지 않는다. 루디 역시 곧 그렇게 될 운명이다. 두 사내의 뒷모습은 처연하다. 드센 바다는 죽음의 얼굴인가, 남은 삶의 생기인가.

영화 〈노킹 온 헤븐스 도어〉에서 천국은 죽음 너머의 세계이고, 문은 바다이며, 노크는 그들이 바다를 찾아가는 소동, 결국 이 영화의 전부와 다름없다. 밥 딜런의 노래가 독일 밴드 Selig에 의해 변주되며 바다를 두드린다.

밥 딜런*Bob Dylan*의 'Knockin' on heaven's door'는 샘 페킨파의 서부극 〈관계의 종말〉(1973)에 사용된 이후 반전 운동의 노래로, 자유의 노래로, 독일 감독 토머스 얀의 영화 〈노킹 온 헤븐스 도어〉(1997)로까지 이어진다. 자신을 반체제 인간으로 선언한 밥 딜런은 포크 장르의 대명사로 자리 잡은 후에도 끊임없이 음악적 실험을 멈추지 않는다. 기성세대에 대한 저항과 자신을 향한 저항은 전쟁에 대한 저항으로, 죽음에 대한 저항으로 나아간다.

　음악은 메시지가 되었다가 멜로디가 되었다가 시가 되기도 한다. 밥 딜런의 예술적 성취는 사람이 된 음악이라 해야 할까, 음악이 된 사람이라고 하면 좋을까. 홀로 기타를 튕기며 부르는 노래란 얼마나 고독하고 아름다운가.

다만 노크는 노크로 남으면 좋겠어요

어느 밤이 노래가 된다면 참 아름다울 것이다. 〈노킹 온 헤븐스 도어〉

는 영화이자 음악이고, 죽음의 문 앞에서 인사하는 밤의 노크다. 노크한 문이 영영 닫혀 있을 수는 없겠지만 아직은 열리지 않으면 좋겠다. 그 문이 오직 당신에게만 열리는 문일지라도 아직은 노크 소리에 반응하지 않았으면 한다.

이제 우리는 마틴과 루디가 여기, 바다에 도착했다는 사실을 알고 있다. 누구도 그들을 방해해선 안 되며, 누구도 슬피 울어서는 안 된다. 마틴과 루디는 죽음 앞에서 무슨 생각을 하고 있을까. 미래를 아쉬워하고 있을까, 과거를 그리워하고 있을까. 막연한 시간은 미래를 어설프게 예감하고, 한정된 시간은 과거를 희미하게 어루만진다.

그러나 죽어가는 이는 오직 현재를 직시한다. 앞으로 나아갈 수도, 뒤로 돌아갈 수도 없는 죽어가는 상태에서 유일하게 할 수 있는 방법은 과거와 미래 사이에 틈을 벌려 시간을 유예하는 일이다. 생과 죽음 사이의 공간, 텅 빈 자리, 틈, 어두운 구멍 깊숙이 하모니카 소리가 들려오면 얼마나 좋을까. 그곳에는 담배와 데킬라, 바람과 파도, 사랑과 우정, 음악과 시와 영화가 있을까.

다만 노크는 노크로 남았으면 한다. 이 영화가 끝날 때까지, 이 음악이 끝날 때까지는.

우리 각자의
라라랜드

데미언 셔젤*Damien Chazelle*의
〈라라랜드*La La Land*〉(2016)를 들으며

~~~~~~

저도 오디션을 보러 자동차를 타고 달려가던

그런 날이 있었거든요.

그러니 이건 제 이야기입니다.

아니, 저의 라라랜드에 관한

이야기인 것만 같습니다.

라라랜드로 가는 길

부끄럽지만 제 이야기를 한번 해보려고 합니다. 저도 라라랜드로 떠난 적이 있거든요. 하긴 누군들 그렇지 않을까요. 그러니 이 영화가 이렇게나 많은 관심과 사랑을 받을 수 있었던 거겠지요.

먼저 라라랜드가 어떤 공간인지 명확하게 짚고 갈 필요가 있겠군요. 라라랜드란 천사의 도시라 불리는 로스앤젤레스*Los Angeles*의 별칭입니다. LA라 하면 할리우드가 가장 먼저 떠오릅니다. 태양 빛이 좋아 천사가 내려앉았다 가는 곳이라 하니 얼마나 아름다울까요. 배우 지망생들이 별이 되길 꿈꾸며 전 세계에서 모여드는 곳이라 하니 얼마나 매혹적일까요.

하지만 라라랜드란 우리가 흔히 말하는 현실의 도시와는 조금 다른 곳입니다. 이를 테면 꿈의 공간인 셈이죠. 막힌 고속도로의 차 안이 현실이라면 그곳에서 문을 열고 나와선 노래를 부르고 춤을 추는 건 현실을 특별한 무대로 만들어 버리는 야심 찬 장면이라고 할 수 있습니다. 현실을 뒤흔드는 마법의 순간, 그건 영화라는 매체의, 어쩌면 모든 예술의 존재 양식일 수 있지 않을까요.

그들의 꿈은 막힌 도로 위를 공연장으로 만들어 버립니다. 차 위로 올라가선 목청껏 노래를 부르고 악기를 연주하고 서로가 서로를 스쳐가며 춤을 춥니다. 카메라는 단 한 번도 끊어내지 않고 그들을 따라갑니다. 저는 그 속에서 누굴 찾기라도 하듯 눈을 두리번댑니다. 바로 제가 가졌던 꿈을 찾고 있습니다.

그렇습니다. 저도 오디션을 보러 자동차를 타고 달려가던 그런 날이 있었거든요. 그러니 이건 제 이야기입니다. 아니, 저의 라라랜드에 관한 이야기인 듯합니다.

스크래치

저는 보컬, 드럼, 베이스기타, 기타1, 기타2로 이뤄진 스크래치Scratch 라는 보이밴드의 리더였어요. 기타를 맡고 있었고, 가끔은 노래를 하기도 했습니다. 서면 밀리오레, 남포동 비프광장, 남성여고, 영도여상 등 저희를 불러주는 곳이 있다면 언제든 달려가서 연주를 했습니다.

그러는 중에 '여수국제청소년축제'가 개최된다는 소식을 듣게 되었어요. 전국의 주요 도시마다 한 팀씩을 선별해 대회를 열고 1등한 팀에게는 상금과 함께 정식 데뷔를 시켜주는 그런 취지의 행사였어요.

저희는 그날 이후로 연습에 돌입했습니다. '시나위'나 '메탈리카'를 듣고 자란 저에게는 책가방을 벗어 던지고 뮤지션의 경로에 돌입할 수 있는 절호의 기회였습니다. 실은 부모님 몰래 음대를 준비하고 있었거든요. 만약 수상을 하게 된다면 부모님께 당당히 제 진로를 말

쏨드릴 수 있을 것 같았어요.

하지만 시작도 하기 전에 난관에 부딪히게 됩니다. 본 대회에 진출하기 위해서는 부산의 대표 밴드로 선정되어야 하는데, 저희는 예선에서 떨어진 겁니다. 부산에는 다른 훌륭한 밴드들이 많았어요. 테크닉으로나 경력으로나 부산의 대표 팀과 저희는 수준 차이가 났습니다. 인정합니다. 하지만 음악을 사랑하는 마음만큼은 결코 부족하다고 할 수 없었습니다.

편법이었지만-그때는 그런 생각조차 못했어요-저희는 경상남도의 대표 밴드를 뽑는 예선에 참가하게 됩니다. 저희 팀은 큰 드럼을 일일이 분리하고 각자의 악기들을 짊어지고 울산행 버스에 올랐습니다. 고등학생 5명이 하나의 마음으로 뭉치면 웬만한 적수가 없습니다. 우여곡절 끝에 저희는 예선에 참여할 수 있었고, 도청 관계자에게 빌다시피 사정을 설명하고 열정을 확인시켜 경상남도 대표 밴드로 본선에 참여할 수 있게 되었어요. 본선 곡은 본 조비의 'You give love a bad name'으로 정했습니다. 뭐, 사랑을 달라고 애절하게 갈구하는 가사이지만 사운드는 아주 경쾌할뿐더러 짜릿한 노래입니다.

저희는 2박 3일의 일정을 치르기 위해 정신무장을 하고 여수로 출발했습니다. 공연은 이튿날 오후에 열릴 예정이었어요. 오전부터 사전 리허설을 진행했습니다. 여태까지 선 무대와는 달리 엄청난 조명이 떨어지고 사운드 또한 압도적이었어요. 저는 기타를 이로 물어뜯고 바닥에 내리쳐 부숴버리는 그러한 상상을 하며 무대를 누볐습니다. 그러고는 3시간 정도 후에 본 공연이 펼쳐졌습니다.

어떻게 됐냐고요? 모두가 벌벌벌 떠는 바람에 박자는 흐트러지고, 보컬은 음 이탈을 하고, 드럼은 채를 놓치기도 했죠. 심지어 제 기타는 줄이 끊어져 버렸어요. 쉽게 끊어지기에 조심히 다뤄야 하는 1번 줄 말이에요.

저희는 13개 팀 중 11위를 했답니다. 멋지게 패배한 셈이죠. 그렇다고 쉽사리 포기할 열여덟 살이 아니죠. 기타 가방에서 잠을 자고, 기타로 오토바이를 타던 소년에게는 세상이 두렵지 않았습니다. 이후에도 저는 음악 선생님과 함께 음대에 진학할 준비를 해두었지만, 부모님의 눈물에 결국 포기하게 되었어요. 기타가 부모님을 울린다는 것을 알게 된 순간부터, 그 녀석은 더 이상 제 마음을 울리지 못했거든요.

바늘보다 아픈 자국

이 영화를 보고 있자니, 그간의 일들이 빠르게 스쳐 지나가더군요.

분명 스크린을 바라보며, 배우들의 연기에 감탄하고, 흘러나오는 멋진 스코어를 즐기고 있었습니다. 그렇지만 제 앞에 펼쳐진 건 바로 제가 이루지 못한 나날들이었습니다. 누군가의 꿈을 몰래 훔쳐본 것처럼, 아니 내가 어딘가에 놓아둔 꿈을 다시 들춰낸 것처럼 깊이 빠져들게 되었습니다. 고전 영화의 양식을 빌려와 놓곤 듬성듬성 편집해둔 것조차 흠으로 보이지 않았습니다.

〈라라랜드〉는 이를테면 촘촘한 바느질이라기보다는 바늘땀이 큰 시침질처럼 보이기도 해요. 분명히 실망한 관객들도 있을 겁니다. 마지막에 이르러선 애써 기워둔 실을 쭈욱 뽑아버리기까지 하더라고요. 바느질은 아무런 소용없는 일이 되어버렸고, 다시 기우기 전의 원상태가 되었답니다.

그런데 말이에요. 실이 빠져나간 자리에 희미하게도 뭔가가 보이지 않겠어요. 바늘의 자국, 저는 그게 참 아픕니다. 바늘에 찔린 것보다 더.

이 영화는 저의 꿈을 되살려냈지만 동시에 '사랑'이라는 그 두 글자의 바늘로 제 마음을 찔러냈습니다. 세바스찬과 미아는 춤을 추고, 노래를 부르고, 하늘을 날아다니며 사랑을 나눕니다. 하지만 그 기억들이 세월 속에 묻혀버리는 과정을 고스란히 보고 있자니 제 마음은 몹시 허무해졌습니다.

'꿈을 재현하려는 노력이 깃든 매체'가 영화라는 저의 가설이 성립되는 지점은 '꿈은 재현될 수 없는 것'이라는 전제가 수반되어야 합니다. 그것이 영화가 가진 매력이자 한계 아닐까요. 혹은 수긍할 수밖에 없는 인생의 어떤 지점이 아닐까요.

영원히 닿을 수 없는 라라랜드처럼요.

Music & Cinema List

1) 책 속에 흐르는 음악

Intro, 사랑이란

take 1, 사랑하거나

take, 2 고독하거나

2) 그 남자의 영화음악 100

테마	선곡	영화
1 봄	김윤아 _ 봄날은 간다 Marta Kubišová _ Hey Jude	봄날은 간다 프라하의 봄
2 여름	The Beach Boys _ Kokomo ひさいしじょう(Hisaishi Joe) _ Summer	칵테일 기쿠지로의 여름
3 가을	Yves Montand _ Les feuille mortes James Horner _ The Ludlows	밤의 문 가을의 전설
4 겨울	Andy Williams _ Where do I begin Lynden David Hall _ All you need is Love	러브 스토리 러브 액츄얼리
5 비	Gene Kelly _ Singin' in the rain B.J Thomas _ Raindrops keep falling on my head	사랑은 비를 타고 내일을 향해 쏴라
6 바람	John williams & Boston Pops Orchestra _Tara's theme Ben Nichols _ Shelter	바람과 함께 사라지다 테이크 쉘터
7 눈	조수미 _ 그대 없는 날 Idina Menze _ Let it go	히말라야 겨울왕국
8 태양	The Searchers _ Love potion number 9 Cliff Richard _ Early in the morning	태양은 없다 해가 서쪽에서 뜬다면
9 여행	Chris Barber _ Si tu vois ma mere Eddie Vedder _ Guaranteed	미드나잇 인 파리 인투 더 와일드
10 스포츠	Lenka _ The show 러브홀릭스 _ Butterfly	머니볼 국가대표
11 버스킹	Glen Hansard _ Say it to me now Sing Street _ Up	원스 싱 스트리트

12	기차	달파란, 장영규 _ Don't let me be misunderstood 샌드페블즈 _ 나 어떡해	좋은 놈, 나쁜 놈, 이상한 놈 박하사탕
13	자동차	Clint Eastwood & Jamie Cullum _ Gran Torino Carla Thomas _ B-A-B-Y	그랜토리노 베이비 드라이버
14	시간	Ellie Goulding _ How long will I love you Oasis _ Stop crying your heart out	어바웃 타임 나비효과
15	바다	Abba _ Dancing queen Celine Dion _ My heart will go on	맘마미아 타이타닉
16	동물	Andrew Lloyd Webber _ Memory Shakira _ Try everything	캣츠 주토피아
17	기억	Édith Piaf _ Non, je ne regrette rien Miguel _ Remember me	인셉션 코코
18	하늘	John Barry _ Flying over Africa Fats Domino _ Ain't that a shame	아웃 오브 아프리카 옥토버 스카이
19	누아르	Nino Rota _ Love theme J. S. Bach _ Orchestral suite No. 3 in D Major, BWV 1068	대부 세븐
20	위로	Brian Eno _ This river Elliott Smith _ Miss misery	아들의 방 굿윌헌팅
21	친구	Randy Newman _ You've got a friend in me Ben. E. King _ Stand by me	토이 스토리 스탠 바이 미
22	직장	KT Tunstall _ Suddenly I see José González _ Step out	악마는 프라다를 입는다 월터의 상상은 현실이 되다
23	음악	Beyonce _ Listen Whitney Houston _ Greatest love of all	드림걸즈 휘트니

| 36 | 스파이 | Julio Iglesias _ La mer | 팅커 테일러 솔저 스파이 |
| | | Frankie valli _ Can't take my eyes off you | 컨스퍼러시 |

| 37 | 미디어 | The Buggles _ Video killed the radio star | 우리도 사랑일까 |
| | | 박종훈 _ 비와 당신 | 라디오스타 |

| 38 | 왈츠 | Julie Delpy _ Waltz for a night | 비포 선 셋 |
| | | 박종훈 _ Sunday afternoon waltz | 봄의 왈츠 |

| 39 | 카페 | Jevetta Steele _ I'm calling You | 바그다드 카페 |
| | | Rufus Wainwright _ Across the universe | 아이 엠 샘 |

| 40 | 가족 | 이병우 _ 춤 | 마더 |
| | | The Carpenters _ Close to you | 파더 앤 도터 |

| 41 | 꽃 | Nat King Cole _ Quizás, quizás, quizás | 화양연화 |
| | | 성시경 _ 희재 | 국화꽃 향기 |

| 42 | 사진 | Dinah Washington _ I'll close my eyes | 매디슨 카운티의 다리 |
| | | Damien Rice-The blower's daughter | 클로저 |

| 43 | 학교 | Led Zeppelin _ Immigrant song | 스쿨오브락 |
| | | 양희은 _ 내 어린 날의 학교 | 선생 김봉두 |

| 44 | 일기 | Jorge Drexler _ Al otro lado del río | 모터사이클 다이어리 |
| | | Jamie O'Neal _ All by myself | 브리짓 존스의 일기 |

| 45 | 편지 | Josh Groban _ Mi mancherai | 일 포스티노 |
| | | Remedios _ Winter story | 러브레터 |

| 46 | 절망 | Adele – Skyfall | 007 스카이폴 |
| | | Queen _ Bohemian rhapsody | 보헤미안 랩소디 |

| 47 | 상처 | 나윤선 _ 사노라면 | 오래된 정원 |
| | | 김광석 _ 부치지 않은 편지 | 공동경비구역 JSA |

판판판
레코드 판 속 인생 한 판, 수다 한 판
김광현 지음 | 232쪽 | 18,000원 | 올 컬러

시인과 촌장부터 프린스, 레드 제플린, 루이 암스트롱까지
인생의 명반으로 남을 30장 LP 속에 담긴 음악과 인생 이야기
"당신들의 음악은 인생의 변곡점마다
내가 가야 할 길을 비춰 주었습니다.
때론 돌아가는 길이기도 했지만 이렇게 책으로까지 엮었으니
그럭저럭 잘 따라왔나 봅니다.
고맙습니다." _ 김광현

- -

철학자의 음악서재, C#
혼돈의 시대, 사색이 음악을 만나 삶을 어루만지다
최대환 지음 | 272쪽 | 16,500원

긴 고통의 시대를 위로하는 사려 깊은 철학자의
책과 음악, 교양 이야기
"교양과 책과 음악이 중요하다 하더라도
인생을 대신할 수는 없습니다.
사람에 대한 예의와 사랑이 없는 사람에게
음악과 책이 다 무슨 소용이 있겠습니까?
하지만 인생을 바르게 살아가고자 애쓰며,
살아남기 위해서가 아니라
아름답고 행복한 인생을 살아가려는 사람에게
책과 음악은 좋은 친구이고
교양은 든든한 밑천입니다." _ 최대환

책밥상
BOOKTABLE